LE MOINE,

ou le

PACTE INFERNAL.

Traduit de l'Anglais.

Tome Troisième.

PARIS,

BERTRANDET, LIBR°.-ÉDITEUR.

LE

MOINE,

OU

LE PACTE INFERNAL,

TRADUIT DE L'ANGLAIS.

Songes, devins, sorciers, fantômes imposteurs,
Prodiges, noirs esprits et magiques terreurs.

Tome 3.

PARIS,
CHEZ BERTRANDET, LIBRAIRE.
1830

LE MOINE.

VI.

« Ivres d'amour, dans les bras l'un de l'autre, ils chérissent l'obscurité, et voient avec chagrin naître le jour ».

LEE.

Les premiers transports étaient calmés, les premiers feux éteints, la honte avait, dans le cœur d'Ambrosio, remplacé le plaisir. Confus et épouvanté de sa faiblesse, il s'arracha des bras de Matilde. En réfléchissant sur ce qui venait de se passer, il embrassa d'un seul coup-d'œil toute l'énormité de son parjure, et les calamités qui en seraient la suite, s'il venait à être découvert. Inquiet pour l'avenir, le désespoir dans l'ame, maudissant la fragilité humaine, il évitait les yeux de sa provoquante complice... Après quelques instans de réflexions, Matilde rompit le silence. Prenant doucement sa main et la portant à ses lèvres brûlantes,

« Ambrosio » ! dit-elle d'une voix demi-tremblante.

Le Moine tressaillit. Les yeux de Matilde, que rencontrèrent les siens, étaient humides, ses joues enflammées, et ses regards supplians semblaient lui demander grâce.

« Dangereuse femme, dit-il, dans quel gouffre de misère vous me plongez ! Si l'on venait á découvrir votre sexe, je payerais de mon honneur, et même de ma vie, quelques momens de plaisir. Insensé que je suis, de m'être livré á vos séductions ! A présent, que puis-je faire? comment expier mon offense ? Malheureuse Matilde, vous avez pour jamais détruit mon repos ».

« Est-ce á moi que s'adressent ces reproches, Ambrosio? A moi, qui ai sacrifié pour vous tous les plaisirs du monde, le luxe des richesses, la modestie, aimable apanage de mon sexe, mes parens, ma fortune, ma réputation ? Quelle perte avez-vous faite qui ne me soit pas commune? N'ai-je pas eu part á votre faute? N'avez-vous pas partagé mon plaisir ? —

Votre faute, ai-je dit? existe-t-elle ailleurs que dans la méprisable opinion du vulgaire? Ces péchés, pourvu que le monde les ignore, sont des plaisirs divins, que nul n'est en droit de blâmer. La nature a réprouvé vos vœux célibataires; l'homme n'est point né pour la chasteté, et si l'amour était un crime, Dieu n'eût pas fait si doux le plaisir d'aimer. Bannissez donc, mon Ambrosio, ces sombres nuages donc je vois votre front couvert. Livrez-vous sans réserve au bonheur qui vous est offert: cessez de me reprocher de vous en avoir donné les premières leçons, et répondez aux transports de la femme qui vous adore ».

Tandis qu'elle parlait, ses yeux étaient pleins d'une délicieuse langueur. Son sein palpitait. Jetant autour d'Ambrosio ses bras amoureux, elle l'attira de nouveau, et prit un baiser sur ses lèvres. Ambrosio sentit tous ses désirs se ranimer. Le dé était jeté; ses sermens étaient déjà violés; il avait déjà commis le crime; pourquoi se serait-il abstenu d'en savourer tout le fruit? Serrant Matilde contre son sein avec un redoublement d'ardeur, dégagé désormais de toute honte, il donna pleinement carrière à son incontinence, tandis que la voluptueuse Matilde mettait en pratique toutes les inventions de l'amour licencieux, les raffinemens les plus piquans que puisse offrir l'art étudié du plaisir, pour rehausser le prix de sa possession, et rendre encore plus vifs les transports de son amant. Ambrosio goûta des délices qui lui étaient jusqu'alors inconnues. La nuit s'enfuit d'un pas rapide, et la pudique Aurore rougit de le trouver encore entre les bras de Matilde.

Ivre de plaisir, le Moine sortit du lit de la luxurieuse Syrène, sans rougir désormais de sa lubricité, et sans redouter la vengeance du ciel offensé. Sa seule crainte était que la mort ne vînt arrêter le cours de ces jouissances, dont il avait été si inhumainement sevré, et pour lesquelles un trop long jeûne aiguisait merveilleusement son appétit.

Matilde était toujours sous l'influence du poison; mais c'était moins pour la vie de sa préservatrice que tremblait alors le Moine, que pour celle de sa maîtresse. Une fois privé de celle-ci, il aurait pu difficilement en retrouver une autre, une autre surtout qui lui offrît des plaisirs aussi faciles et aussi sûrs. Il la pressa donc avec instance d'employer, pour la conservation de sa vie, tous les moyens qu'elle disait avoir à sa disposition.

« Oui, répondit Matilde, puisque vous m'avez fait connaître le prix de la vie, je veux, quoi qu'il puisse m'en coûter, sauver la mienne. Aucun danger ne me rebutera. Je verrai sans frissonner les conséquences de mon action; je croirai mon sacrifice fort au-dessous du bien qu'il doit me procurer, et me ressouviendrai qu'un moment, en ce monde, passé entre vos bras, ne serait point acheté trop cher par un siècle de punition dans l'autre. Mais avant que je fasse la démarche que je médite, Ambrosio, jurez-moi solennellement que vous ne chercherez jamais á connaître par quels moyens j'aurai conservé ma vie ».

Quoiqu'il ne comprît pas bien clairement ce discours de Matilde, et moins encore ce qu'elle se proposait de faire, Ambrosio fit le serment qu'elle exigeait.

« Je vous remercie, mon bien-aimé, dit-elle. Cette précaution était nécessaire; car vous êtes encore, sans le savoir, l'esclave des préjugés vulgaires. Ce que je me propose de faire cette nuit doit vous faire tressaillir par sa singularité, et me rabaisser dans votre opinion. Avez-vous, dites-moi, la clef de la porte basse qui se trouve sur le côté occidental du jardin »?

« Quoi ! de la porte qui conduit aux caveaux souterrains du couvent de Sainte-Claire » ?

«Oui, de celle-lá même qui mène au lieu de sépulture commun entre vous et les Sœurs» ?

« Je n'ai point cette clef, reprit Ambrosio, mais je puis aisément me la procurer ».

« C'est tout ce que je vous demande. Introduisez-moi la nuit prochaine, á minuit, dans le lieu de sépulture. Vous ferez le guet, tandis que je descendrai dans les caveaux, afin que personne ne puisse observer mes actions ; j'y resterai seule pendant une heure. Ainsi je sauverai ma vie, et la consacrerai á vos plaisirs. Pour prévenir les soupçons, ne me venez point voir de tout le jour. N'oubliez pas la clef, et souvenez-vous que je vous attends avant minuit. Adieu, j'entends venir quelqu'un. Laissez-moi, je vais faire semblant de dormir ».

Le Moine obéit. En sortant de la cellule, il rencontra le Père Pablos. « Je viens, dit ce dernier, voir comment va mon jeune malade ». — « Paix, répondit

Ambrosio, parlez tout bas. Il repose en ce moment, ne troublez pas son sommeil ». La cloche sonnait ; tous deux se rendirent á matines.

Ambrosio se sentit embarrassé en entrant dans le chœur. Le péché était pour lui une chose nouvelle ; il lui semblait que tout le monde devait lire sur son visage ses aventures de la nuit. Il voulut prier, mais en vain ; la dévotion n'était plus ardente dans son sein, ses pensées errantes le ramenaient sans cesse aux charmes secrets de Matilde ; mais il suppléa par des apparences plus remarquables de sainteté, á qui lui manquait de pureté intérieure ; il n'avait jamais paru plus dévot envers le ciel, qu'á l'instant même où il venait de rompre avec lui tous ses engagemens. Il ajoutait ainsi, sans y songer, l'hypocrisie au parjure.

Les matines finies, Ambrosio se retira à sa cellule. L'impression encore récente des plaisirs qu'il venait de goûter pour la première fois agitait son sein. Ses idées et ses sentimens étaient un chaos confus de remords, de volupté, d'inquiétude et de crainte. Il regrettait encore cette paix de l'ame, cette douce sécurité de la vertu, qui jusqu'alors avaient été son partage. Il s'était livré á des excès dont l'idée seule, vingt-quatre heures auparavant, l'aurait fait trembler d'horreur; il frémissait en songeant que la plus légère indiscrétion, ou de lui-même ou de Matilde, renverserait ce haut édifice de réputation, dont l'élévation lui avait coûté trente ans de peines, et lui attirerait l'exécration de ce peuble dont il était l'idole. Sa conscience aussi lui peignait sous des sombres couleurs sa faiblesse et ses sermens violés; la crainte grossissait á ses yeux les horreurs du châtiment; il se croyait déjá dans les prisons de l'inquisition.

Mais, d'un autre côté, il pensait á Matilde, á sa beauté, à ces délicieuses leçons, qui, une fois reçues, ne peuvent jamais s'oublier, et dont le souvenir seul remplissait son ame d'extase. Les payer du sacrifice de l'innocence et de l'honneur, était-ce les payer trop cher? Non. Il maudissait la folle vanité, qui, le tenant attaché durant la plus belle partie de sa vie á d'obscures occupations, l'avait laissé dans une ignorance absolue des plaisirs que donnent l'amour et les femmes. Il se détermina á continuer, quoi qu'il dût en arriver, son commerce avec Matilde, et appela á son aide tous les raisonnemens qui pouvaient le confirmer dans cette résolution. Il se demanda á lui-même en quoi consisterait sa faute, pourvu que son irrégularité fût ignorée, et quelles conséquences il devait en appréhender. En se conformant strictement à toutes les règles de son ordre, sauf la chasteté, il pouvait encore conserver l'estime des hommes, et même la protection du ciel. Une aussi légère infraction de ses voeux lui serait aisément pardonnée. Tout concourut en un mot á le convaincre qu'il pouvait, en toute sûreté de conscience, se livrer sans réserve au déréglement de ses appétits.

Une fois décidé sur son plan de conduite, ses agitations se calmèrent ; il se jeta sur son lit et s'en dormit. Rafraîchi par quelques heures d'un profond sommeil, il se sentit, á son réveil, disposé á recommencer, aussitôt que l'occasion se présenterait.

Conformément á l'ordre de Matilde, il n'alla point la voir de tout le jour. Le Père Pablos dit au réfectoire que Rosario s'était à la fin déterminé à suivre ses ordonnances ; mais que les médicamens n'avaient pas produit le plus léger effet, et qu'il croyait qu'aucune puissance humaine ne pouvait le sauver. Le Prieur fut du même avis, et affecta de déplorer le sort d'un jeune homme dont les talens avaient fait concevoir de si hautes espérances.

La nuit arriva ; Ambrosio s'était procuré la clef du jardin. Lorsque tout le monde dormait dans le couvent, il sortit de sa cellule et se rendit á celle de Matilde. Elle était déjá hors de son lit et habillée.

« Je vous attendais avec impatience, dit-elle ; ma vie dépend de ce moment. Avez-vous la clef? — La voilá, dit le Prieur. — Entrons donc au jardin : nous n'avons pas de temps à perdre ; suivez-moi ».

Prenant, d'une main, une petite corbeille couverte qui se trouvait sur la table, et, de l'autre, la lampe qui brûlait sur sa cheminée, Matilde sortit de sa cellule, Ambrosio la suivit. Tous deux gardèrent un profond silence. Matilde avança avec beaucoup de précaution, traversa les cloîtres et gagna le côté occidental du jardin. Ses yeux brillaient en ce moment d'un éclat extraordinaire ; on lisait dans tous ses traits le courage du désespoir. Donnant la lampe á Ambrosio, elle prit la clef, ouvrit la porte basse, et entra dans le lieu de sépulture. C'était un grand carré, planté d'ifs, et entouré d'un mur de pierre, dont une partie appartenait au couvent des Dominicains, l'autre aux Religieuses. La division était marquée par une grille de fer, dans laquelle était pratiquée une petite porte qui restait ordinairement ouverte.

Matilde entra par cette petite porte, et chercha celle des caveaux souterrains où reposaient les corps bienheureux des Sœurs de Sainte-Claire. La nuit était sombre. On ne voyait au ciel ni la lune ni les étoiles. Heureusement l'air était parfaitement calme, et le Moine porta aisément sa lampe sans l'éteindre. A sa lueur ils trouvèrent bientôt la porte des caveaux, que cachaient presque totalement d'épaisses touffes de lierre; trois marches de pierres brutes y conduisaient. Matilde était sur le point d'y descendre; tout-á-coup elle fit un pas en arrière.

« Il y a quelqu'un dans le caveau, dit-elle tout bas au Moine. Retirons-nous et les laissons sortir ».

Elle se refugia derrière un grand tombeau, érigé en l'honneur de la fondatrice du couvent. Ambrosio la suivit, et cacha soigneusement la lumière de sa lampe. Quelques momens après, la porte du caveau s'ouvrit, et ils virent, à l'aide de quelques rayons de lumière, deux femmes, en habits religieux, qui paraissaient être en grande conversation. Le prieur reconnut aisément dans l'une l'Abbesse de Sainte-Claire, et, dans l'autre, une des mères prudentes de son couvent.

« Tout est préparé, disait l'Abbesse, et c'est demain que son sort sera décidé. Ses larmes et ses soupirs ne me gagneront point. Non, depuis vingt-cinq ans que je suis Supérieure de ce couvent, je n'ai point ouï parler d'un trait aussi infâme ».

« Quelques personnes ici s'opposèrent á votre volonté. Agnès a des amies dans le couvent, et particulièrement la Mère Sainte-Ursule, qui la défendra de tout son pouvoir. En vérité, Madame, elle mérite d'avoir quelques amies. Elle est si jeune! Elle paraît si repentante! Oh! je suis convaincue que c'est la contrition, plus encore que la crainte du châtiment, qui fait couler ses larmes. J'oserais, Madame, être garante de sa conduite future, si vous daignez adoucir la sévérité de votre sentence ».

« Adoucir, Sœur Camille! vous m'étonnez. Quoi! après avoir déshonoré ma maison aux yeux du Saint homme que tout Madrid vénère, de celui que je désirais particulièrement convaincre de la régularité de ma discipline! Combien j'ai dû lui paraître méprisable! Non, je ne puis mieux prouver á Ambrosio mon horreur pour de pareils forfaits, qu'en sévissant contre la coupable avec toute la rigueur que nos lois admettent. Cessez donc vos supplications; je dois faire demain un exemple terrible, et ma résolution est inébranlable ».

La Mère Camille lui répliqua; mais alors les deux Religieuses étaient trop loin pour qu'il fût possible de les entendre. L'Abbesse ouvrit la porte qui communiquait à la chapelle Sainte-Claire, où elles entrèrent l'un et l'autre.

Matilde alors demanda quelle était cette Agnès, contre laquelle l'Abbesse était si irritée, et ce quelle avait de commun avec Ambrosio. Celui-ci expliqua toute l'aventure. « Depuis ce temps, ajouta-t-il, il s'est opéré une grande révolution dans mes idées. Je compte voir l'Abbesse dès demain, et l'engager á traiter avec plus de compassion cette malheureuse fille ».

« Gardez-vous-en bien, dit en l'interrompant Matilde; ce changement subit causerait de la surprise, et ferait peut-être naître des soupçons qu'il est de votre intérêt d'éviter. Redoublez plutôt d'austérité apparente; tonnez contre les erreurs des autres, pour mieux cacher les vôtres. Abandonnez la Nonne á sa destinée. Son imprudence mérite punition. Elle n'est pas digne de goûter les plaisirs de l'amour, puisqu'elle n'a pas l'esprit de les cacher. Mais le temps presse; donnez-moi cette lampe, Ambrosio. Je vais descendre dans ces caveaux; vous allez m'attendre ici. Si quelqu'un vient, vous m'avertirez par un cri; mais sur votre vie, quelque chose qu'il arrive, ne vous avisez pas de me suivre; la mort serait à l'instant le prix de votre imprudente curiosité.

En disant ces mots, elle s'avança vers la porte du caveau, tenant la lampe d'une main, et de l'autre sa petite corbeille. Elle toucha la porte, qui aussitôt s'ouvrit d'elle-même, et présenta á ses yeux un petit escalier tournant de marbre noir. Elle descendit; Ambrosio suivit de l'œil la faible lueur de la lampe, á mesure qu'elle s'enfonçait dans le souterrain. Bientôt elle disparut; il ne fut plus environné que de profondes ténèbres.

Ambrosio ne savait comment expliquer ce qu'il voyait. Resté seul, il réfléchit sur le changement subit qui s'était opéré dans le caractère et les sentimens de Matilde. Est-ce là, se disait-il à lui-même, cette jeune fille si douce, qui naguère encore, voyant en moi un être supérieur, était totalement dévouée á ma volonté : á présent elle parle d'un ton impérieux. Je n'aperçois plus en elle les vertus de son sexe ; elle affecte celles du nôtre. Je la trouve insensible á la pitié pour la malheureuse Agnès ; á la pitié, sentiment si naturel au cœur d'une femme» ! Ambrosio fut fâché de voir que son amante manquât ainsi de sensibilité : cependant, convaincu d'ailleurs de la justesse de ses observations, quoiqu'il eût sincèrement compassion d'Agnès, il renonça á l'idée de s'intéresser en sa faveur.

Une heure s'était déjá écoulée depuis que Matilde était descendue dans le caveau, et Ambrosio ne la voyait point revenir. Sa curiosité fut vivement excitée ; il s'approcha de l'escalier, prêta l'oreille, n'entendit rien, si ce n'est quelques sons par intervalles qui paraissaient être la voix de Matilde, et qui se répétaient dans les voûtes spacieuses du caveau. Pressé du désir de pénétrer ce mystère, il se détermina á descendre, malgré ses injonctions. Mais à peine avait-il mis le pied sur les premières marches de l'escalier, qu'une détonation violente se fait entendre ; il se retire promptement. La terre tremble ; les piliers qui soutiennent les édifices environnans sont ébranlés, et tout-à-coup il voit, á travers l'escalier, les caveaux éclairés par une brillante colonne de lumière.

Cette clarté ne dura qu'un instant. Bientôt tout redevint tranquille. Ambrosio fut environné de nouveau de profondes ténèbres, et n'entendit plus, au milieu du silence de la nuit, que le vol bruyant des chauve-souris, qui allaient et venaient autour de lui.

Chaque instant augmentait l'étonnement d'Ambrosio. Il s'écoula encore une heure, après laquelle il vit reparaître la même lumière; mais elle était cette fois accompagnée d'une musique douce et solennelle, qui, remplissant toutes les voûtes souterraines, lui causa à la fois du plaisir et de l'effroi. Bientôt après, il entendit le long de l'escalier le pas léger de Matilde, et la revit rayonnante de joie et plus jolie que jamais. « Qu'avez-vous vu, lui dit-elle? — Deux fois une colonne de feu sur cet escalier. — Rien autre chose ? — Rien. — Le jour s'avance ; hâtons-nous de nous retirer ».

Matilde regagne promptement sa cellule. Pressé par la curiosité, le Moine l'accompagne ; elle ferme la porte, et débarrassée de sa lampe et de sa corbeille,

« J'ai réussi, dit-elle en se jetant dans ses bras, et au-delà de toutes mes espérances. Je vivrai, Ambrosio, je vivrai pour vous. Oh! que ne m'est-il permis de vous communiquer ma joie, de vous faire partager mon pouvoir, de vous élever autant au-dessus de votre propre sexe, que je viens, par un coup hardi, de m'élever au-dessus du mien! Mais je vous rappelle ici votre serment; ne m'interrogez pas; je ne puis, je ne dois pas vous instruire de ce qui vient de se passer, et j'espère que vous n'en exigerez point la confidence. Si vous n'avez pu, ajouta-t-elle avec un sourire, en appuyant un baiser sur sa bouche, tenir vos promesses faites á Dieu, vous tiendrez au moins celles que vous avez faites á Matilde ».

Le cœur du Moine s'enflamma de nouveau, et les scènes de la nuit précédente furent répétées.

Elles le furent tant et si souvent, que bientôt la satiété succéda aux transports. Charmé de la guérison inattendue de Rosario, Ambrosio jouit sans crainte et sans remords des faveurs de Matilde; mais à peine une semaine s'était écoulée qu'il commença á lui trouver des défauts essentiels. La possession, qui refroidit un homme, ne fait qu'accroître l'affection d'une femme. A mesure que la passion de Matilde devenait plus ardente, celle d'Ambrosio devenait plus froide. Il recherchait moins sa société; il était inattentif, tandis qu'elle parlait; sa voix même, mêlée aux accords des instrumens dont elle jouait parfaitement, ne lui procurait aucun amusement; enfin, Matilde ne put dissimuler qu'Ambrosio ne sentait plus que du dégoût pour elle, et que, naturellement inconstant, il soupirait après le changement. Le Moine soupirait en effet pour chaque femme qu'il voyait; cependant retenu par la crainte de dévoiler le secret de son hypocrisie, il concentrait ses desirs au fond de son cœur.

Il est nécessaire, pour l'intelligence des événemens subséquens, de développer ici plus particulièrement le caractère du principal héros de cette histoire.

Ambrosio n'était point né craintif; cette disposition n'était en lui que le résultat de son éducation. S'il eût passé sa jeunesse dans le monde, il se serait montré doué de plusieurs qualités mâles et brillantes; il était naturellement actif, ferme et intrépide; il avait le cœur d'un guerrier; il aurait figuré avec éclat á la tête d'une armée. Son jugement était vaste, solide et décisif; il ne manquait point de générosité, les malheureux trouvaient en lui un confident qui compatissait á leurs peines. Avec ces dons de la nature, il aurait pu être l'ornement de son pays; là poussière du cloître les avait presque tous obscurcis. Malheureusement privé de ses parens dès sa plus tendre enfance, il tomba au pouvoir d'un parent éloigné, qui ne désira rien tant que de ne plus entendre parler de lui; il confia le soin de cet enfant à un de ses amis, qui était le précédent Prieur des Dominicains. Celui-ci, apologiste déclaré du monachisme, ne négligea rien pour persuader à l'enfant qu'il n'existait de bonheur que dans les murs d'un couvent. Il réussit pleinement, et l'ambition du jeune homme n'eût d'autre objet en vue que de pouvoir être admis par degrés dans l'ordre des Dominicains. Ses instructeurs eurent grand soin d'étouffer en lui le germe de ces vertus nobles et désintéressées, qu'il tenait de la nature. Au lieu de lui inculquer les principes de la bienveillance universelle, ils ne lui inspirèrent qu'égoïsme et partialité; ils lui apprirent à regarder comme un crime les erreurs des autres; ils surent changer la noble franchise de son caractère en une servile humilité. Pour mieux détruire son courage naturel, ils épouvantèrent sa jeune ame, en plaçant sous ses yeux toutes les horreurs que fournissent les annales de la superstition; ils lui dépeignaient, sous les couleurs les plus sombres et les plus effrayantes, les tourmens des damnés, et le menaçaient pour la plus légère faute de souffrances éternelles. Est-il étonnant que, l'imagination constamment fixée sur cet objet, son caractère se fût plié jusqu'á la crainte et á la timidité? ajoutez encore qu'absolument étranger á la vie mondaine, il en ignorait les dangers et s'en formait une idée fort éloignée de la réalité. Tandis que les Moines étaient occupés sans relâche à déraciner ainsi ses vertus, á rétrécir ses idées, á rabaisser ses sentimens, ils laissaient parvenir á leur pleine maturité tous les vices que comportait son caractère. Ils favorisaient admirablement ses dispositions á devenir orgueilleux, vain, ambitieux, jaloux de ses égaux, admirateur de son seul mérite, implacable et cruel dans sa vengeance. Cependant, en dépit des peines qu'on avait prises pour le pervertir, ses bonnes qualités perçaient quelquefois le nuage dont elles étaient offusquées. Alors la lutte qui s'établissait entre son caractère réel et son caractère acquis, était une singularité frappante, quoiqu'inexplicable, pour ceux qui n'avaient point le mot de cette énigme. Il prononçait contre les coupables les plus sévères décisions; un moment après, la compassion le portait à les mitiger; il entamait les entreprises les plus hardies, que la crainte lui faisait aussitôt abandonner ; son génie natif répandait sur les sujets les plus obscurs une brillante lumière ; presqu'aussitôt la superstition le replongeait dans les plus profondes ténèbres. Les autres religieux qui le regardaient comme un être d'une nature supérieure, ne remarquaient point ces contradictions dans la conduite de leur chef ; ils étaient persuadés qu'il ne pouvait mal faire, et qu'il ne changeait jamais de résolution sans de bonnes raisons.

La lutte n'existait encore qu'entre les sentimens opposés qu'il tenait de la nature et de l'éducation, lorsque ses passions, qu'aucune impulsion n'avait encore mises en jeu, se présentèrent pour décider la victoire. Elles étaient malheureusement le plus dangereux arbitre auquel il pût avoir recours. Son isolement de la société lui avait jusqu'alors été favorable, en ne lui fournissant aucune occasion de développer ses qualités vicieuses. La supériorité de ses talens l'avait tellement élevé au-dessus de ses confrères, qu'il n'avait pu les jalouser. Sa piété, son éloquence, ses manières agréables, lui avaient acquis l'estime universelle, et conséquemment il n'avait point eu d'injures á venger. Son ambition était justifiée par l'aveu unanime de sa capacité, et son orgueil n'était, aux yeux du monde, qu'une juste confiance en ses propres forces. Connaissant á peine l'autre sexe, il n'y avait jamais songé. S'il voyait dans le cours de ses études que les hommes pouvaient être amoureux, il en souriait de pitié; et des jeûnes fréquens, des ablutions, des rigoureuses pénitences avaient amorti les feux de sa jeunesse; mais aussitôt qu'il eut connu ce qu'on appelait amour, les barrières de la religion furent trop faibles pour résister au torrent de ses désirs; tout obstacle céda á la force de son tempérament fougueux, ardent et voluptueux. Et de ce moment-là même, toutes ses autres passions, prenant un nouveau caractère, n'attendirent que l'occasion pour se développer avec une violence également irrésistible.

Il continua donc d'être l'admiration de Madrid; l'enthousiasme s'accroissait chaque jour. Tous les jeudis son église était pleine, et ses discours étaient toujours également accueillis. Il était le confesseur de toutes les principales maisons de cette grande ville, et l'on n'était point á la mode si l'on n'avait point á faire une pénitence enjointe par le Père Ambrosio. Il persistait dans la résolution de ne jamais sortir de son couvent, ce qui contribuait particulièrement á rehausser l'opinion qu'on avait de sa sainteté. Les femmes chantaient surtout ses louanges; elles vantaient non-seulement sa piété, mais encore la noblesse de son maintien, l'expression de ses regards, son air majestueux et la tournure gracieuse de son visage. Dès le matin la porte du couvent était obstruée par la multitude des voitures.

Les plus jolies femmes de Madrid, les plus distinguées par leur rang et leur naissance, ne pouvaient confesser á d'autres leurs secrètes peccadilles. Les yeux du Moine dévoraient leurs charmes. Si les pénitentes eussent consulté ces muets interprètes, il n'aurait pas eu besoin, pour leur exprimer ses désirs, d'employer d'autres signes, malheureusement, elles ne le regardaient point, tant elles étaient intimement convaincues de son inaltérable pureté. On sait que la chaleur du climat opére puissamment sur le cœur des Dames espagnoles; mais la plus licencieuse même aurait cru plus aisé d'inspirer une passion á la statue de marbre de Saint-Dominique, qu'au cœur froid et rigide de l'immaculé Père Ambrosio.

De son côté le Moine, connaissant peu la dépravation du siècle, était loin de se douter que, parmi ses belles pénitentes, il s'en serait trouvé fort peu qui eussent rejeté ses vœux ; mais eût-il été mieux instruit, le soin de sa réputation l'eût toujours rendu excessivement circonspect. Il savait combien il eût été difficile á une femme de garder un secret aussi étrange, aussi important que celui de sa fragilité. Toutes ces beautés d'ailleurs affectaient ses sens, mais ne touchaient point son cœur. L'une lui faisait bientôt oublier l'autre. D'après ces considérations, il prenait le parti de s'en tenir à Matilde, quoiqu'il la vît désormais d'un œil fort indifférent.

Un jour que l'affluence des pénitentes l'avait retenu jusqu'á une heure au confessionnal, comme il se préparait à sortir de la chapelle après que la foule se fut éclaircie, deux femmes l'abordèrent avec l'air de la plus profonde humilité. Toutes deux levèrent leur voile, et la plus jeune le pria de vouloir bien l'écouter quelques instans. Le doux son de cette voix, qu'aucun homme ne pouvait entendre sans intérêt, eut bientôt attiré l'attention du Révérend Père. L'aimable pétitionnaire paraissait plongée dans l'affliction. Ses joues étaient pâles, ses yeux remplis de larmes, et ses beaux cheveux tombaient en désordre sur ses épaules et sur son sein. Sa physionomie, si modeste, si douce, si céleste, aurait charmé un cœur bien moins susceptible que celui qui battait dans le sein du Prieur. Adoucissant encore pour elle son ton et sa manière, Ambrosio lui dit qu'il était prêt á l'entendre, et l'écouta en effet avec une émotion que chaque instant rendait plus vive.

« Mon Révérend Père, dit-elle, je suis menacée de perdre ma plus chère et ma presque unique amie. Mon excellente mère est au lit malade, et les médecins désespèrent de sa vie. On a épuisé tous les secours humains ; il ne reste qu'á implorer la miséricorde de Dieu. Mon Père, tout Madrid vante votre piété et votre vertu, daignez vous ressouvenir de ma mère dans vos prières ; peut-être obtiendrez-vous du Tout-Puissant qu'il daigne me la conserver, et alors je m'engage bien volontiers á venir ici pendant trois mois tous les jeudis brûler un cierge en l'honneur de votre Patron Saint Dominique ».

« Fort bien, dit le Moine en lui-même, voici un second *Vincentio della Ronda*. Ainsi commença l'aventure de Rosario ; puisse celle-ci finir de même » !

Il promit de faire ce que désirait la jeune fille.

« J'ai encore, continua-t-elle, à vous demander une autre grâce. Nous sommes étrangères à Madrid; ma mère a besoin d'un confesseur, et ne sait à qui s'adresser. On nous a assuré que vous ne sortiez jamais de votre couvent, et ma pauvre mère ne peut s'y rendre. Si vous aviez la bonté, Révérend Père, de me nommer un homme dont les sages et pieuses consolations pussent adoucir á ma mère les derniers instans de sa vie, nous vous en conserverions une éternelle reconnaissance ».

Ambrosio souscrivit aussi á cette demande; et quelle demande aurait-il pu refuser? Il promit de lui envoyer un confesseur dès le même jour, et la pria de lui laisser son adresse. Celle qui accompagnait la jeune fille présenta au religieux une carte sur laquelle cette adresse était écrite, et se retira avec la belle suppliante, qui ne se sépara de l'homme pieux qu'après l'avoir comblé de bénédictions. Les yeux d'Ambrosio la suivirent jusqu'à ce qu'elle fût sortie de la chapelle. Jetant alors les yeux sur la carte, il lut: Donna Elvire Dalfa, rue de *S. Jago*, la quatrième porte après le palais d'Albornos.

La suppliante n'était autre en effet qu'Antonia, accompagnée de sa tante Léonelle. Celle-ci n'avait pas consenti sans peine á conduire sa nièce au couvent. Ambrosio lui avait inspiré un si profond respect, qu'elle frissonnait á sa vue. Ce fut aussi ce sentiment qui, malgré son désir de parler, lui ferma la bouche tant qu'elle fut en sa présence.

Le Moine se retira à sa cellule; l'image d'Antonia l'y suivit. Il sentit s'élever dans son sein mille émotions nouvelles dont il n'osait approfondir la cause; elles étaient totalement différentes de celles que lui avait inspirées Matilde, lorsqu'elle lui déclara son sexe et son amour. Ses sens étaient á peine émus; son sein n'était point, comme alors, un foyer de désirs voluptueux, et son imagination, plus calme, ne lui représentait point des charmes sur lesquels la modestie avait étendu un voile impénétrable á la subtilité de ses yeux. Ce qu'il éprouvait n'était qu'un mélange de tendresse, d'admiration et de respect; c'était une mélancolie douce et délicieuse qui pénétrait son âme, et qu'il n'aurait pas échangée contre les plus vifs transports.

« Heureux, s'écria-t-il, celui qui possédera le cœur de cette adorable fille! Quelle délicatesse dans tous ses traits! Quelle élégance dans ses formes! Quelle douce et timide innocence dans ses regards ! Combien est différente la céleste expression de ses yeux, du feu libidineux qui brille dans ceux de la perverse Matilde ! Oh ! plus doux mille fois doit être un baiser cueilli sur ces lèvres de roses, que toutes les faveurs que l'autre accorde si libéralement. Matilde m'a gorgé de jouissances ; elle m'a forcé á tomber dans ses bras ; elle fait gloire de son intempérance. Si elle eût connu l'attrait puissant de la modestie, combien il captive irrésistiblement le cœur de l'homme, combien il l'enchaîne fortement au char de la beauté, eût-elle jamais été tentée de recourir á un autre charme ? Est-il de sacrifice qui dût paraître pénible pour obtenir l'affection de cette fille? Oh ! qu'il me fût permis de lui déclarer mon amour à la face du ciel et de la terre ! d'employer tous mes soins á lui inspirer de la tendresse, de l'estime, de l'amitié ; d'être assis près d'elle des heures, des jours, des années entières ; d'acquérir le droit de l'obliger et d'entendre les naïves expressions de sa reconnaissance ; d'épier les mouvemens de son cœur innocent ; d'encourager ses vertus naissantes ; de partager ses plaisirs et d'essuyer ses larmes : de la voir enfin chercher dans mes bras l'appui et la consolation de sa jeunesse ! Oui, s'il peut exister un bonheur parfait en ce monde, il est uniquement réservé á quiconque sera l'époux de cet ange ».

Plein de ces idées, il marchait á grands pas dans sa cellule, l'œil fixe et la tête penchée sur son épaule. Tout son être paraissait en désordre. Tout-á-coup ses yeux se remplirent de larmes. « Vision chimérique, s'écria-t-il douloureusement, elle est perdue pour moi ! Jamais je ne puis être son époux ; et séduire son innocence, abuser de la confiance qu'elle me témoigne, pour sa ruine.... Oh ! ce serait le crime le plus noir qui jamais se fût commis dans le monde ! Va, ne crains rien de moi, aimable fille ; ta vertu n'a rien à redouter d'Ambrosio. Non, pour tous les trésors de l'Inde, je ne voudrais pas faire éprouver á ton cœur le tourment du remords ».

En parcourant sa chambre d'un pas encore plus rapide, il aperçut sur le mur le portrait de sa *Madone*, dont il était naguère encore si zélé admirateur ; il l'arracha avec indignation, le brisa contre terre, et le foula aux pieds. « Va, dit-il, infâme, loin de moi ».

Malheureuse Matilde ! Son amant oublia que pour lui seul elle avait renoncé à la vertu ! Il ne l'aimait plus, parce qu'elle l'avait trop aimé.

S'étant jeté dans un fauteuil près de sa table, il aperçut la carte sur laquelle était écrite l'adresse d'Elvire. Se rappelant qu'il avait promis de lui envoyer un confesseur, il réfléchit pendant quelques instans ; mais l'empire d'Antonia sur son cœur était déjà trop décidé pour lui permettre de résister long-temps à l'idée dont il avait été frappé; il résolut d'être lui-même le confesseur. Il pouvait aisément sortir du couvent sans être remarqué; traverser les rues sans être reconnu, en s'enveloppant la tête de son capuchon, et obtenir de la famille d'Elvire le secret sur sa sortie du couvent. Matilde était la seule personne dont il craignit la vigilance; mais il espéra qu'en lui disant au réfectoire qu'il s'allait renfermer dans sa cellule pour le reste du jour, elle ne songerait point á épier ses démarches.

Ambrosio sortit donc de son couvent par une porte secrète, á l'heure où les Espagnols sont généralement dans l'usage de faire la méridienne. Il traversa plusieurs rues, le visage caché dans son capuchon ; et comme la chaleur était en ce moment excessive, il rencontra peu de monde, entra dans la rue Saint-Jago, arriva sans accident á la maison d'Elvire, sonna, et fut introduit dans une antichambre.

Ici, Ambrosio courut le plus grand risque d'être découvert. Si Léonelle se fût trouvée á la maison, tout Madrid, grâces à ses dispositions communicatives, eût été bientôt informé que le vénérable Ambrosio s'était departi de sa résolution formelle de ne jamais sortir de son couvent, en faveur de sa sœur Elvire. Heureusement pour lui, Léonelle venait de partir pour Cordoue. Ayant reçu la veille une lettre qui lui annonçait qu'un de ses cousins venait de mourir, et lui avait laissé le peu qu'il possédait, pour être partagé entre elle et sa sœur, elle avait fait tous ses préparatifs, pressée par Elvire elle-même d'aller recueillir cette succession, elle était partie aussitôt après son retour de l'église. Léonelle n'avait point quitté Madrid sans donner quelques soupirs à la mémoire de l'aimable, mais trop inconstant Christoval ; cependant on a su depuis qu'un garçon apothicaire de Cordoue, qui avait besoin d'un peu d'argent pour monter une boutique, s'était déclaré son admirateur, et que, sensible á ses soupirs, Léonelle l'avait rendu le plus heureux des hommes.

Aussitôt qu'on eut annoncé le confesseur,

Antonia, qui était en ce moment près du lit de sa mère, vint à lui. « Pardon, dit-elle, mon Révérend Père..... Ah ciel ! est-il possible ? En croirai-je mes yeux ! Le digne Père Ambrosio est sorti pour nous de son couvent, pour venir adoucir les souffrances de ma mère ! Qu'elle va être contente ! Entrez, dit-elle, entrez. Maman, le Père Ambrosio lui-même ».

Elle lui présenta un fauteuil auprès du lit de sa mère, et passa dans une autre chambre.

Cette visite fit beaucoup de plaisir à Elvire. En conversant avec la mère d'Antonia, Ambrosio employa tous les moyens de plaire qu'il avait reçus de la nature. Par la force de son éloquence persuasive, il calma ses craintes, dissipa ses scrupules, fixa ses pensées sur l'infinie miséricorde de son juge, dépouilla la mort de ses épineuses terreurs, et apprit à Elvire à envisager sans effroi le précipice sans fond de l'éternité. Elle écoutait attentivement ses exhortations, qui bientôt eurent porté la consolation dans son cœur, et excité sa confiance. Elle lui découvrit sans réserve ses inquiétudes et ses craintes ; il venait de calmer celles qui avaient pour objet une vie future ; mais elle laissait en ce monde son Antonia ; elle la laissait sans autres amis, à qui elle pût la recommander, que le Marquis de Las Cisternas et sa sœur Léonelle. La protection de l'un était fort incertaine ; et l'autre, quoiqu'elle aimât tendrement sa nièce, était excessivement imprudente et vaine. Aussitôt qu'Ambrosio connut la cause de ses alarmes, il la pria d'être encore tranquille sur ce point: il se croyait assuré de pouvoir procurer á Antonia un asyle sûr dans la maison d'une de ses pénitentes la Marquise de Villa-Franca, femme d'une piété exemplaire et d'une charité sans bornes. Si quelqu'accident la privait de cette ressource, il s'engageait à faire admettre Antonia dans quelque respectable maison de religion, en qualité de pensionnaire ; car Elvire lui avait avoué qu'elle désapprouvait la vie monastique, et le Moine avait été d'assez bonne foi ou assez complaisant, pour convenir que son improbation n'était pas dénuée de fondement.

Ces preuves d'intérêt gagnèrent complètement le cœur d'Elvire. Elle épuisa, pour le remercier, toutes les expressions que peut fournir une vive reconnaissance, en lui assurant que maintenant elle était parfaitement résignée á ce qu'il plairait á Dieu d'ordonner; Ambrosio se leva pour prendre congé, et promit de revenir le lendemain à la même heure ; mais il pria que le secret de ses visites fût inviolablement gardé.

« Je désire, dit-il, qu'on ignore dans Madrid que je m'écarte d'une règle que je me suis imposée par nécessité. Si je n'avais pas pris la résolution de ne jamais sortir de mon couvent, excepté cependant dans des circonstances aussi urgentes que celles qui m'ont amené chez vous, je serais á chaque instant interrompu pour de misérables bagatelles ; il me faudrait sacrifier aux caprices des oisifs ou des curieux le temps que je crois employer plus utilement á côté du lit d'un malade ».

Elvire donna de grands éloges á sa prudence et á sa charité, et promit de cacher soigneusement l'honneur de ses visites. Le Moine lui donna sa bénédiction, et sortit.

Trouvant dans l'antichambre Antonia, il ne put se refuser le plaisir de converser quelques instans avec elle. Il s'efforça de la consoler á son tour ; lui dit que sa mère paraissait calme et tranquille, et qu'il espérait que bientôt sa santé serait meilleure. Il demanda quel était son médecin, l'invita á appeler celui de son couvent, qui était un des plus habiles de Madrid ; il glissa quelques mots á la louange d'Elvire, fit l'éloge de la force et de la pureté de son ame, et ne dissimula pas qu'elle lui avait inspiré la plus haute estime. Antonia le remercia avec la plus touchante naïveté, avec des démonstrations de reconnaissance auxquelles Ambrosio ne dut pas être insensible. Après quelques autres instans de conversation, pendant lesquels le Moine sut se concilier l'affection et même la confiance d'Antonia, il se retira, en laissant et la mère et la fille dans l'admiration la mieux méritée de ses talens et de ses vertus.

En rentrant dans la chambre, Antonia vit déjà l'heureux effet de cette visite sur le visage de sa mère. Tous les traits d'Elvire étaient rians. On ne parla ce soir que du Père Ambrosio.

« Avant qu'il ouvrît la bouche, disait Elvire, j'étais déjà prévenue en sa faveur. La beauté de son organe m'a particulièrement frappée. Mais sûrement, Antonia, je crois avoir déjà entendu cette voix. Il m'a semblé qu'elle était parfaitement familière á mon oreille. Soit que j'aie connu précédemment Ambrosio, ou quelqu'un dont l'organe ressemblât au sien, j'avoue que certains sons, certaines inflexions de cette voix, ont pénétré jusqu'à mon cœur ».

« Je vous assure, maman, qu'elle a aussi produit sur moi le même effet; cependant nous n'avons certainement pu entendre sa voix ni l'une ni l'autre, avant que nous vinssions à Madrid. Peut-être attribuons-nous á sa voix ce qui n'est que l'effet de ses manières agréables. Je ne sais pourquoi je me sens plus á mon aise en conversant avec lui qu'avec tout autre. Il m'écoute attentivement; il me répond avec douceur: il ne me traite pas en enfant, comme me traitait au château notre ancien confesseur. Je crois véritablement qu'eussé-je resté mille ans entiers en Murcie, je n'aurais jamais pu aimer ce vieux Père Dominique ».

« J'avoue que le Père Dominique n'avait pas des manières fort agréables; mais il était honnête, affectueux et bien intentionné ».

« Oh! maman, ces qualités sont si communes » !

« Fasse le ciel, ma chère enfant, que l'expérience ne vous force pas à penser qu'elles sont fort rares! Mais dites-moi, Antonia, pourquoi est-il impossible que j'aie précédemment connu le Père Ambrosio » ?

« C'est que depuis son entrée au couvent, il n'en est jamais sorti; il connaît si peu les rues de Madrid, qu'il m'a dit qu'aujourd'hui même il avait beaucoup de peine à trouver la nôtre, quoiqu'elle soit si près du couvent ».

« Tout cela est possible; mais je puis l'avoir connu avant qu'il fût entré au couvent. Car, avant qu'il en puisse sortir, il faut nécessairement qu'il y soit entré ».

« Sainte Vierge! comme vous arrangez cela!.... mais ne serait-il pas possible qu'il fût né dans le couvent » ?

« Cela ne se conçoit pas aisément, dit Elvire en souriant ».

« Ecoutez; á présent je me rappelle : il fut porté dans le couvent, comme il était encore enfant, et le commun peuple a dit qu'il était tombé du ciel, et que c'était la Sainte Vierge qui en avait fait présent aux Dominicains ».

« Cela eût été fort honnête de sa part, reprit Elvire en souriant. Ainsi, vous croyez donc, Antonia, qu'il est tombé du ciel? Il á fait en ce cas une terrible chûte ».

« Je vois, ma chère maman, que vous êtes un peu au nombre des mécréans; mais notre locataire a raconté différemment la chose á ma tante. Elle prétend qu'il n'est point tombé du ciel « Les parens de l'enfant, dit-elle, étant pauvres et hors d'état de le soutenir, le laissèrent, à l'instant même qu'il venait de naître, á la porte de l'abbaye. Le précédent Prieur le fit élever par pure charité dans le couvent. Lá, il devint un modèle de vertu, et de piété, et de science, et je ne sais encore de quoi. En conséquence, il fut admis dans l'ordre, et bientôt après Prieur. Cependant, que ce soit ce récit ou l'autre qui contienne la vérité, tout le monde au moins s'accorde à dire, qu'il ne parlait point encore, quand les Moines le prirent sous leur protection, et conséquemment que vous n'avez pu entendre sa voix avant qu'il entrât au monastère; puisqu'alors il n'avait point encore de voix ».

« Fort bien raisonné, Antonia! vos conclusions sont péremptoires; je ne vous croyais pas si habile logicienne ».

« Vous vous moquez de moi, maman; mais je suis fort aise de vous voir de bonne humeur. Vous me paraissez même assez tranquille, et j'espère que vous n'aurez plus de convulsions. Oh! je savais bien que la visite du Révérend Père vous ferait beaucoup de bien ».

« Elle m'en a fait véritablement, ma chère enfant; elle m'a tranquillisé l'esprit sur quelques points qui me causaient du trouble. Je sens mes yeux s'appesantir, et crois pouvoir m'endormir. Tirez les rideaux, mon Antonia ; si je ne m'éveille point avant minuit, j'exige qu'alors vous ne restiez point auprès de moi ».

Antonia promit de lui obéir. Après que sa mère l'eut embrassée, elle tira les rideaux, se plaça en silence devant son tambour, et se mit á faire, en travaillant, des châteaux en espagne. Le changement visible dans la situation de sa mère avait ranimé ses esprits, et son imagination ne lui présentait que des tableaux rians. Dans ses rêveries, Ambrosio occupait une place distinguée ; elle pensait à lui avec plaisir et gratitude ; mais, dans l'involontaire distribution qu'elle faisait de ses pensées, s'il y en avait une pour le Moine, il y en avait au moins deux pour Lorenzo. Ainsi s'écoula le temps jusqu'à ce que la cloche de l'église des Dominicains annonçât minuit. Antonia se rappela les injonctions de sa mère, et s'y conforma sans répugnance. Elle rapprocha soigneusement les rideaux. Elvire dormait d'un sommeil doux et profond ; les couleurs de la santé commençaient á reparaître sur ses joues ; un léger sourire entre ses lèvres annonçait que ces rêves étaient agréables. Antonia, penchée sur elle, crut l'entendre

4..

prononcer son nom; elle baisa légèrement le front de sa mère et se retira dans sa chambre : lá , se mettant á genoux devant une image de Sainte Rosalie , sa patronne, elle se recommanda á la protection du ciel, et termina ses prières , comme elle avait coutume de le faire depuis son enfance, en chantant l'hymne suivante:

HYMNE DE MINUIT.

Tout repose , et, dans cette enceinte,
L'airain seul interrompt le calme de la nuit,
L'airain sacré sonne *minuit*,
Salut, terre sublime et sainte!
Je t'entends , et mon cœur en paix
D'aucun remords ne sent les traits.

Voici l'heure où des mains puissantes
Préparent en secret de noirs enchantemens!
Où , de la nuit des monumens
Sortent les ombres palissantes!
Une tendre et pieuse ardeur
Est le seul charme de mon cœur.

Purs esprits , gardiens salutaires,
Vous qui, du haut des cieux, veillez sur mon destin
Enchaînez de ce cœur mutin
Les mouvemens involontaires!
Un vain désir peut s'y glisser :
Ah! c'est à vous de le chasser.

Ecartez la troupe insensée
Des enfans de la nuit, des spectres effrayans;

De songes gais, doux et rians,
Caressez toujours ma pensée :
Dans un sommeil délicieux,
A mes regards ouvrez les cieux.

De mon attente solitaire
S'élèvera vers vous un cantique amoureux,
Tous les jours, jusqu'au jour heureux
Qui rendra mon corps à la terre.
Témoins de mon ardente foi,
Anges de Dieu, planez sur moi.

Ses dévotions finies, Antonia se mit au lit. Le sommeil eut bientôt enveloppé tous ses sens ; elle goûta pendant quelques heures ce délicieux repos que peut seul donner l'innocence, et contre lequel plus d'un monarque échangerait avec plaisir sa couronne.

VII.

« Qu'elles sont obscures, ces longues et vastes régions ! ces lugubres solitudes, où le silence règne seul avec la nuit ; nuit profonde comme était le chaos avant que le soleil, à sa naissance, eût aggloméré ses rayons, ou qu'il les eût lancés transversalement sur les épaisses ténèbres ! Le flambeau des mourans, brillant d'une lueur fausse à travers tes voiles basses et caligineuses, tapissée d'humides moisissures et d'enduits glutineux, répand sur tous les objets une nouvelle horreur, et ne sert qu'à rendre la nuit plus affreuse ».

BLAIR.

AMBROSIO revint à son couvent sans avoir été découvert, et l'imagination remplie des plus agréables images. Aveugle sur le danger auquel il s'exposait en voyant de si près les charmes d'Antonia, il ne songeait qu'au plaisir que lui avait déjà causé sa société, et se promettait bien de n'y pas renoncer. Il ne manqua pas de profiter de l'indisposition d'Elvire pour voir sa fille tous les jours. Il borna d'abord ses désirs a lui inspirer de l'amitié ; mais il ne fut pas plutôt convaincu qu'elle éprouvait pour lui ce sentiment dans toute son étendue, que son but devint plus décidé, et ses attentions plus vives et plus marquées. L'innocente familiarité de sa conduite avec lui irritait les désirs du Moine, et sa modestie, á laquelle il s'était insensiblement accoutumé, ne lui imprimait plus le respect. Il l'admirait toujours ; mais il songeait déjá aux moyens de dépouiller Antonia du plus doux de ses charmes. La chaleur de sa passion, et la subtile pénétration dont malheureusement pour lui-même et pour Antonia, la nature l'avait abondamment pourvu, suppléèrent á son peu d'habileté dans l'art de la séduction. Distinguant aisément les émotions qui devaient être favorables á ses desseins, il saisissait avidement toutes les occasions de verser la corruption dans le cœur de cette jeune fille ; cependant il ne pouvait aisément y parvenir. L'extrême simplicité d'Antonia empêchait qu'elle n'aperçût le but de ses insinuations ; mais les excellens principes de morale qu'Elvire avait pris soin de lui inculquer, la justesse et la solidité de son jugement, et le sentiment inné de ses devoirs, résistaient fortement aux maximes fausses et licencieuses. Souvent elle déconcertait, par quelques mots fort simples, les sophismes du dépravateur, et lui faisait intérieurement sentir combien les sophismes sont faibles devant les inaltérables préceptes de la vertu et de la vérité. Dans ces occasions, Ambrosio recourait á son éloquence ; il l'accablait sous un déluge de paradoxes philosophiques qu'elle n'entendait point, et auxquels ils lui était conséquemment impossible de répondre. Il trouvait ainsi le moyen, sinon de la convaincre que ses raisonnemens étaient justes, au moins d'empêcher qu'elle ne s'aperçût qu'ils étaient dangereusement faux. Antonia continuait á entretenir une idée également avantageuse de la solidité de son jugement, et il ne douta pas qu'avec le temps il ne parvînt á l'emmener au point désiré.

Ambrosio ne se dissimulait point á lui-même que ses tentatives étaient criminelles, et que ses vües ne tendaient qu'á séduire l'innocence ; mais sa passion était trop violente pour lui permettre d'y renoncer. Ne voyant aucun homme admis dans la société d'Elvire, et n'ayant point ouï dire que quelqu'un eût recherché la main de sa fille, il ne doutait point que le cœur d'Antonia ne fût libre. Il se détermina donc á suivre l'exécution de son dessein, quelles que dussent en être les conséquences, et n'attendit que l'instant où il pourrait surprendre Antonia seule et sans défense.

Tandis que le Moine était ainsi occupé de son nouvel amour, chaque jour voyait s'accroître sa froideur pour Matilde. Plus il sentait intérieurement ses torts envers elle, plus il laissait voir d'éloignement; il n'était pas assez maître de lui-même pour lui cacher l'état de son ame, et il craignait que, dans un accès de fureur jalouse, elle ne trahît un secret, dont dépendait la conservation de sa réputation et même de sa vie. Il était impossible en effet que Matilde ne remarquât point son indifférence; il était persuadé qu'elle la remarquait, et, pour se soustraire á ses reproches, il l'évitait soigneusement. Cependant, s'il l'eut moins évitée, il aurait pu se convaincre, en voyant son air de douceur et de résignation, qu'il n'avait rien à craindre de son ressentiment. Matilde avait repris le caractère du doux et intéressant Rosario; elle ne l'accusait point d'ingratitude. Seulement ses yeux se remplissaient involontairement de larmes, et la tendre mélancolie qu'exprimaient son maintien et sa voix, portait á Ambrosio les reproches les plus touchans sur son infidélité. Celui-ci n'était point insensible à sa peine ; mais n'y connaissant point de remède, il s'abstenait de montrer qu'il en fût affecté. Convaincu par sa conduite qu'il n'avait rien á craindre de son ressentiment, il continuait á la négliger, et Matilde résistant á l'impulsion de sa jalousie, continuait à lui montrer la même tendresse.

La santé d'Elvire se rétablissait insensiblement. Elle n'éprouvait plus de convulsion, et Antonia ne tremblait plus pour la vie de sa mère. Ambrosio vit ce rétablissement avec un secret déplaisir. Il craignit qu'Elvire, dont l'œil était clairvoyant, ne fût pas long-temps dupe de son apparente sainteté et ne soupçonnât ses vues; il prit donc la résolution d'essayer sans délai l'étendue de son pouvoir sur le cœur d'Antonia.

Un jour qu'il avait trouvé Elvire presque entièrement rétablie, il la quitta plutôt que de coutume. Ne trouvant point Antonia dans le lieu ordinaire de leurs conférences, il entra librement dans la chambre même de la jeune fille Cette chambre n'était séparée de celle de sa mère que par un petit cabinet, où couchait ordinairement Flore, la femme-de-chambre. Antonia était assise sur un lit de repos, le dos tourné vers la porte. Ambrosio entra doucement et s'assit auprès d'elle. Antonia tressaillit en l'apercevant, montra qu'elle était fort aise de le voir, et se levant aussitôt, offrit de le conduire au salon. Ambrosio lui prenant la main, la retint, et l'engagea á se rasseoir sur le lit de repos. Elle se rassit près de lui sans difficulté. Antonia n'avait aucune raison de penser que, pour converser, une chambre fût plus convenable qu'une autre. Sûre de ses principes, et non moins sûre de ceux d'Ambrosio, elle se disposa á causer avec lui sans contrainte, et avec sa vivacité ordinaire.

Ambrosio examina le livre qu'elle lisait, et qu'elle avait replacé sur la table : c'était la Bible en espagnol.

« Quoi ! dit le Moine en lui-même, Antonia lit la Bible, et elle est encore si novice » !

Mais, en l'examinant, il s'aperçut qu'Elvire avait fait exactement la même remarque. Cette prudente mère, tout en admirant les beautés des saintes écritures, était convaincue que ces livres, en leur entier, sont la plus dangereuse lecture qu'on puisse permettre á une jeune personne. Plusieurs des récits qu'ils contiennent ne tendent qu'á lui faire naître les plus dangereuses idées. Tout y est appelé par son nom, et l'on trouverait á peine un choix plus complet d'expressions indécentes dans les annales d'un mauvais lieu. C'est ce livre cependant qu'on recommande plus particulièrement aux jeunes filles, celui qu'on met entre les mains des enfans, aussitôt qu'ils sont en état de l'entendre; celui qui leur inculque trop fréquemment les premières notions du vice, et donne le premier éveil á leurs passions. Elvire était si convaincue de la justesse de cette observation, qu'elle aurait préféré mettre dans les mains de sa fille *Amadis-de-Gaule*, ou *le Vaillant Champion*, *Tiran Le Blanc*, ou même les exploits de *Don Galaor*, et les jeux lascifs de *Damsel plazer di mi vida*. Elle avait en conséquence pris deux déterminations relativement á la Bible: la première était de ne point permettre á Antonia de la lire, avant qu'elle fût assez expérimentée pour en sentir les beautés et la moralité; la seconde, de la copier de sa main, en ayant soin d'omettre tout ce qui s'y trouverait d'indécent. Elvire ne s'était point départie de cette résolution, et telle était la Bible que lisait Antonia. Ambrosio s'apercevant de sa méprise, replaça le livre sur la table.

Antonia parla de la santé de sa mère, et de la joie que lui causait son rétablissement.

« J'admire, dit le Moine, votre piété filiale ; elle prouve l'excellence de votre caractère et la sensibilité de votre cœur ; elle promet un trésor á celui que le ciel a destiné á posséder vos affections. Si votre cœur est capable de tant de tendresse pour une mère, que ne sentira-t-il pas pour un amant? Mais peut-être ce tendre cœur est-il déjá donné. Dites, ma chère enfant, connaissez-vous ce que c'est que l'amour ? Parlez-moi sincèrement ; oubliez mon habit, et ne voyez en moi qu'un ami ».

« L'amour, dit-elle? oh ! oui vraiment, je le sais. J'ai déjà aimé beaucoup, beaucoup de monde ».

« Ce n'est pas lá ce que j'entends. L'amour dont je parle ne peut être senti que pour une seule personne. N'avez-vous jamais vu l'homme que vous désireriez avoir pour époux » ?

« Oh ! non, en vérité ».

Antonia disait ici un mensonge, mais c'était sans s'en douter. Elle ignorait absolument de quelle nature étaient ses sentimens pour Lorenzo ; et comme elle ne l'avait point vu depuis sa première visite, l'impression qu'il avait faite sur son cœur s'affaiblissait de jour en jour. D'ailleurs elle ne pensait á un mari qu'avec l'effroi d'une jeune vierge ; aussi répondit-elle, « non » sans hésiter, á la question d'Ambrosio.

« Et ne désirez-vous point voir cet homme, Antonia? Ne sentez-vous point dans votre cœur un vide importun ? Ne soupirez-vous point sur l'absence de quelqu'un qui vous est cher, et qui cependant vous est inconnu ? Ne vous apercevez-vous point que quelque chose qui vous plaisait autrefois, n'a plus de charmes pour vous? N'éprouvez-vous point dans votre sein mille nouvelles sensations, mille nouveaux désirs que l'on sent, mais que l'on ne peut définir ? Serait-il possible, lorsque vous emflammez tous les cœurs autour de vous, que le vôtre demeurât froid et insensible? Non, je ne le puis croire. Ce doux éclat de vos yeux, cet aimable incarnat qui colore vos joues, cette mélancolie voluptueuse, enchanteresse, que l'on voit quelquefois répandue sur tous vos traits, tout trahit le secret de votre cœur. Vous aimez, Antonia, et vous cherchez en vain á me le cacher ».

« Vous m'étonnez, mon Père. De quelle nature est donc cet amour dont vous me parlez? Je ne le connais pas ; mais si je le connaissais, qu'elle raison aurais-je d'en faire mystère »?

« N'avez-vous jamais, Antonia, rencontré un homme qu'il vous semblât connaître depuis long-temps, quoique vous ne l'eussiez jamais vu? dont la figure fût, dès le premier abord, familière à vos yeux? dont le son de voix flattât votre oreille et pénétrât jusqu'á votre ame? dont la présence vous causât de la joie, et l'absence de la tristesse? dans le sein duquel votre cœur aimât á s'épancher, á déposer toutes ses sollicitudes? N'avez-vous point éprouvé ces sentimens, Antonia »?

« Oh! oui, mon Père, assurément; j'ai ressenti tout cela la première fois que je vous ai vu ».

Ambrosio tressaillit.

« Moi, s'écria-t-il! est-il possible, Antonia »?....

Ses yeux brillèrent de plaisir et d'impatience. Il prit sa main et la baisa avec transport.

5..

« Quoi ! vous avez éprouvé ces sentimens pour moi » ?....

« Et plus vivement encore que vous ne pourriez l'exprimer. Dès l'instant même que je vous vis, je ressentis tant de plaisir, tant d'intérêt ! j'étais si impatientée d'entendre le son de votre voix, et quand je l'eus entendu, il me sembla si doux, il porta à mon cœur une émotion si tendre ! il me sembla que cette voix me disait mille choses que je désirais d'entendre. Il me sembla que je vous connaissais depuis long-temps ; que j'avais droit á votre amitié, á vos avis, á votre protection. Je pleurai quand je ne vous vis plus, et n'aspirai qu'après l'instant de vous revoir ».

« Antonia charmante Antonia, s'écria le Moine, en la pressant contre son sein, en croirai-je mes sens ? Oh ! répétez-moi, ma douce amie, dites-moi encore que vous m'aimez, que vous m'aimez tendrement ».

« Oui, Ambrosio, je vous aime, et vous êtes, après ma mère, ce que j'ai de plus cher au monde ».

A cet aveu naïf, Ambrosio ne se possède plus. Ivre de joie et brûlant de désirs, il la serre tremblante dans ses bras, couvre de baiser ses joues et sa bouche, pompe l'ambroisie de sa délicieuse haleine, viole d'une main hardie les trésors de son sein. Déjà il s'entourait des membres délicats et flexibles d'Antonia, qui, alarmée et surprise de la vivacité de son action, cherchait à se soustraire á ses embrassemens.

« Ambrosio, s'écria-t-elle, Père Ambrosio, laissez-moi, au nom du ciel ».

Le Moine licencieux est sourd á ses prières; il persiste dans son dessein, et continue á prendre des libertés encore plus grandes.

Antonia prie, pleure, se débat; épouvantée á l'excès, quoiqu'elle ne connût point la cause de son effroi, elle employait toute sa force pour repousser le Moine; elle était sur le point de crier pour obtenir du secours, lorsque la porte de la chambre s'ouvrit tout-à-coup. Ambrosio eut assez de présence d'esprit pour sentir en un clin-d'œil le danger de sa situation. Lâchant aussitôt sa proie, il s'élance, d'un saut, du lit de repos jusqu'au milieu de la chambre. Antonia fait une exclamation de joie, court á la porte, et se jette dans les bras de sa mère.

Alarmée de quelques propos du Prieur, qu'Antonia lui avait innocemment répétés, Elvire avait pris la résolution d'éclaircir ses soupçons. Elle connaissait trop le monde pour s'en laisser imposer par la grande réputation de vertu dont jouissait le Moine. Elle avait réfléchi sur quelques particularités qui, assez peu importantes en elles-mêmes, étant réunies, semblaient autoriser ses craintes. Les visites fréquentes d'Ambrosio, qui, autant qu'elle pouvait le voir, ne visitait que sa famille; l'émotion qu'il laissait involontairement paraître toutes les fois qu'elle parlait d'Antonia, la vivacité de ses yeux, qui annonçait en lui toute la force de l'âge, et surtout les principes pernicieux qu'il inculquait à sa fille, et qui s'accordaient mal avec ceux qu'il professait en sa présence; tous ces faits rassemblés lui avaient inspiré des doutes sur la pureté de l'amitié d'Ambrosio. Elle avait, en conséquence, résolu de l'épier la première fois qu'elle le saurait en tête-á-tête avec Antonia, et sa tentative lui avait réussi. Elvire ne l'avait pas, á la vérité, surpris comme il serrait Antonia dans ses bras; mais le désordre des vêtemens de sa fille, et la confusion peinte dans tous les traits du Moine á son apparition, suffirent pour la convaincre de la légitimité de ses craintes. Cependant elle était trop prudente pour faire un éclat. Sentant combien il serait difficile, et même dangereux, de vouloir démasquer un imposteur, en faveur duquel le public était tellement prévenu, et voulant éviter de se faire un aussi puissant ennemi, elle affecta de ne point remarquer son agitation ; s'assit tranquillement sur le sopha, donna quelques raisons de son entrée inopinée dans la chambre de sa fille, et se mit à converser sur divers sujets, avec toute l'apparence du calme et même de la confiance.

Rassuré par cette conduite, le Moine se remit peu á peu de son trouble, il voulut répondre á Elvire sans aucune apparence d'embarras ; mais il était encore trop novice dans l'art de la dissimulation ; s'apercevant lui-même qu'il devait avoir l'air contraint et emprunté, il rompit la conversation, et se leva pour partir, se promettant intérieurement de retrouver bientôt une occasion plus favorable. Quel fut son étonnement, lorsqu'Elvire, en le reconduisant, lui dit en termes polis, que sa santé étant á présent parfaitement rétablie, elle ne croyait pas devoir priver plus long-temps de sa présence d'autres personnes, qui pourraient en avoir besoin. « Je vous prie de croire, dit-elle, que je conserverai une éternelle reconnaissance de vos attentions et de l'heureux effet qu'ont produit sur ma maladie votre société et vos exhortations ; je regrette que l'obligation de vaquer á quelques affaires domestiques, et celle de vous laisser librement vaquer aux vôtres, me forcent á renoncer au plaisir de recevoir á l'avenir vos visites. » Ce langage, quoique doux, était fort clair. Cependant Ambrosio se disposait à répliquer, mais un regard expressif d'Elvire arrêta subitement ses représentations. Convaincu par ce coup-d'œil qu'il était découvert, et n'osant plus insister, il prit congé, et revint á son couvent, le cœur plein de honte, d'amertume et de fureur.

A son départ, Antonia sentit son esprit soulagé d'un grand poids, cependant elle fut affligée d'un accident qui ne lui laissait plus l'espoir de le revoir. Elvire en ressentait aussi quelque chagrin ; elle avait eu trop de plaisir á le regarder comme son ami, pour ne pas regretter de s'être si étrangement trompée ; mais elle avait trop éprouvé l'ordinaire sincérité des amitiés du siècle, pour être long-temps affectée de l'issue de celle-ci. Elle fit alors sentir à sa fille le danger qu'elle avait couru ; mais ce fut avec la plus grande précaution, pour éviter, en ôtant le bandeau qui lui couvrait les yeux, de déchirer le voile de l'innocence. Elle se contenta de la mettre sur ses gardes, en lui ordonnant, si Ambrosio continuait ses visites, de ne jamais rester seule avec lui; injonction á laquelle Antonia promit de se conformer.

Ambrosio, de retour á sa cellule, s'enferma, et se jeta désespéré sur son lit. Le désir, le regret, la honte, et la crainte d'être démasqué, l'agitant á la fois, remplirent son ame de trouble et de confusion. Plus d'espoir pour lui de satisfaire une passion, qui faisait désormais partie de son existence. Son secret était au pouvoir d'une femme. La vue du précipice l'épouvantait; mais en songeant que, sans Elvire, il serait maintenant possesseur de l'objet de ses désirs. Sans Elvire!... Avec les plus terribles imprécations, il jura vengeance contre elle; il jura qu'en dépit d'elle, en dépit de l'univers, il posséderait Antonia. Après avoir prononcé ce serment, il se lève, marche á grands pas, bat les murs de sa cellule, rugit d'une impuissante fureur, et se livre á tous les transports de sa rage.

Cette tempête n'était point encore appaisée, lorsqu'il entendit frapper doucement á la porte de sa cellule. Craignant qu'on ne l'eût entendu des dortoirs, il n'osa refuser d'ouvrir; il essaya de se

remettre pendant quelques instans, tira le verrou ; la porte s'ouvrit, et Matilde parut.

Matilde, en ce moment, était, de toutes les personnes qui habitaient le couvent celle dont la présence devait le plus l'importuner. Il n'était pas assez maître de lui pour pouvoir la traiter avec ménagement; il fit un pas en arrière en la voyant, et fronça le sourcil :

« Je suis en affaires, dit-il, laissez-moi ».

Matilde, sans l'écouter, referma la porte au verrou, et s'avança vers lui d'un air doux et suppliant :

« Pardon, Ambrosio, dit-elle. Pour votre propre intérêt, je ne dois pas vous obéir. Ne craignez point de plaintes de ma part. Je ne viens pas pour vous reprocher votre ingratitude ; je vous pardonne de tout mon cœur, et n'étant plus votre amante, je demande la seconde place, c'est-á-dire, celle de votre confidente et de votre amie. Nous ne pouvons forcer nos inclinations. Le peu de beauté que vous avez trouvé en moi, s'est évanoui pour vous avec l'attrait de la nouveauté. Si Matilde ne vous inspire plus de désirs, c'est sa faute, et non la vôtre. Mais pourquoi me fuir? pourquoi éviter si soigneusement ma présence ? Vous avez des chagrins, et vous ne permettez pas que je les partage ! Vous avez des regrets, et vous ne voulez point de mes consolations ! Vous avez des désirs, et vous refusez mon secours ! C'est de tout cela que je viens me plaindre á vous, et non de votre indifférence envers moi. J'ai renoncé aux droits d'une amante; mais rien ne me fera renoncer á ceux d'une amie ».

« Généreuse Matilde, dit-il en lui prenant la main, combien vous vous montrez supérieure à la faiblesse de votre sexe ! Oui, j'accepte votre offre. J'ai besoin d'avis ; vous serez la confidente de mes pensées, de mes desseins. Vous voulez, dites-vous, m'aider á les exécuter ; hélas ! Matilde, vous n'en avez pas le pouvoir ».

« J'ai ce pouvoir, et je l'ai seule au monde. Votre secret, Ambrosio, n'en est pas un pour moi. Mon œil attentif a observé toutes vos démarches, toutes vos actions. Vous aimez ».

« Matilde » !

« Pourquoi le dissimuler ? Vous n'avez point á craindre de moi la puérile jalousie des autres femmes. Vous aimez, Ambrosio, Antonia Dalfa est l'objet de votre passion. Je connais toutes les particularités de votre nouvelle liaison. Toutes vos conversations avec elle m'ont été répétées. Je suis instruite de votre tentative sur la personne d'Antonia, de son peu de succès, du congé qui vous a été notifié par Elvire. Vous désespérez en ce moment de jamais posséder votre maîtresse; je viens ranimer vos espérances, et vous indiquer la route qui doit vous conduire au succès ».

« Au succès? Ah! Matilde, c'est la chose impossible ».

« Rien n'est impossible à qui sait oser. Si vous voulez suivre mes conseils, vous pouvez encore être heureux. Le moment est venu, Ambrosio, de vous faire dévoiler, pour votre consolation, pour votre bonheur, une partie de mon histoire, qui vous est encore inconnue. Ecoutez-moi sans m'interrompre; et si quelque chose dans mon récit vous paraît choquant, songez que mon unique but est de faciliter l'accomplissement de vos vœux et de rendre la paix á votre cœur. Je vous ai dit précédemment que mon tuteur était un homme extraordinairement savant; il prit la peine de m'initier, dès mon enfance, dans ses découvertes les plus mystérieuses. Parmi les sciences que sa curiosité le portait á approfondir, il ne negligea point celle que quelques-uns regardent comme impie, d'autres comme chimérique ; je veux parler de l'art qui nous met en relation avec les esprits de l'autre monde. Ses profondes recherches sur les effets et les causes, son application continuelle à l'étude de la nature, la connaissance parfaite qu'il avait acquise des pierreries que la terre contient dans son sein, des simples qu'elle produit á sa surface, le conduisirent á la fin au but qu'il avait si ardemment désiré d'atteindre. Sa curiosité, son ambition furent pleinement satisfaites ; il donna des lois aux élémens ; il fut en son pouvoir de subvertir l'ordre de la nature ; son œil pénétra dans l'avenir, et les esprits infernaux furent soumis á ses commandemens.... Mais je vous vois frémir ; j'entends le langage de vos yeux. Vos soupçons sont justes, quoique vos terreurs soient dénuées de fondement. Mon tuteur m'a communiqué ses plus précieuses découvertes; cependant, si je n'avais jamais connu Ambrosio, jamais, non jamais, je n'aurais fait usage de mon pouvoir. Le seul mot de magie me fait frissonner comme vous. J'ai, comme vous, une idée terrible de l'évocation d'un démon. Un seul motif a pu me déterminer á mettre en pratique ces épouvantables leçons, le désir de conserver une vie dont vous m'aviez appris á connaître le prix. Vous vous rappelez cette nuit que je passai dans les caveaux de Sainte-Claire; ce fut dans cette nuit, qu'entourée d'affreux débris, j'osai faire l'essai de ma puissance, et accomplir ces rites mystérieux qui appelèrent á mon secours un ange de ténèbres. Imaginez quelle dut être ma joie, lorsque je découvris que mes terreurs étaient imaginaires. Je vis le démon, obéissant á mes ordres, trembler lorsque je fronçais le sourcil; je vis qu'au lieu d'être réduite á vendre mon ame á un maitre, j'avais conquis, par la force de mon courage, un esclave».

« Téméraire Matilde, qu'avez-vous fait? Vous avez encouru l'éternelle damnation; vous avez échangé, contre quelques instans de pouvoir, votre bonheur éternel. Si vous ne m'offrez, pour satisfaire mes désirs, que le secours de la magie, je rejette votre offre. Les conséquences en sont trop affreuses. J'adore Antonia; mais je ne suis point encore assez aveuglé par la passion, pour lui sacrifier mon bonheur tant dans ce monde que dans l'autre».

« Ridicules préjuges! Rougissez, Ambrosio, d'être assujetti á leur empire. Que risquez-vous en acceptant mes offres? Est-ce d'après un motif qui me soit personnel que j'ose vous les faire ? S'il y a quelque danger, ce sera pour moi; c'est moi qui invoquerai le ministère des esprits ; á moi seule sera le crime, dont vous recueillerez le fruit. Mais il n'y a pas même l'ombre du danger. L'ennemi du genre humain est mon esclave, vous dis-je, et non pas mon souverain. N'y a-t-il aucune différence entre donner des lois et les recevoir, entre servir et commander ? Sortez, Ambrosio, de vos tristes rêveries ; dégagez-vous de ces terreurs, qui conviennent mal á une ame comme la votre. Laissez-les aux hommes vulgaires, et osez être heureux. Accompagnez-moi ce soir aux caveaux de Sainte-Claire. Soyez-y témoin de mes enchantemens, et Antonia est á vous ».

« Je ne puis, je ne veux point l'obtenir par de tels moyens. Cessez de me solliciter; je n'ose employer le ministère de l'enfer ».

« Vous n'osez ! Combien je me suis trompée sur votre compte ! Cette ame que je croyais si ferme, si supérieure aux erreurs vulgaires, est donc à l'essai, plus faible que celle d'une femme » !

« Quoi ! voulez-vous que je m'expose á un danger que je connais ; que je renonce à mon salut éternel ; que j'ose envisager un être dont la vue seule me rendrait aveugle? Non, je ne ferai point alliance avec l'ennemi de Dieu ».

« Croyez-vous donc être l'ami de Dieu? N'avez-vous pas rompu tous vos engagemens avec lui, déserté son service, cédé à l'impulsion de toutes vos passions? N'avez-vous pas projeté la destruction de l'innocence, la ruine d'une jeune créature qu'il avait formée sur le modèle des anges? De qui attendez-vous donc du secours, si ce n'est des démons, pour l'accomplissement d'un si louable dessein? Espérez-vous que les Séraphins vous prêteront leur appui; qu'ils conduiront Antonia dans vos bras, et sanctionneront, en vous prêtant leur ministère, vos illicites plaisirs. Mais non. Je lis dans votre ame, Ambrosio. Ce n'est pas la vue du crime qui vous alarme, c'est celle du châtiment. Ce n'est pas le respect envers Dieu qui vous retient, c'est la crainte de sa vengeance. Vous l'offenseriez secrètement sans scrupule, et vous tremblez à l'idée de vous déclarer son ennemi. Opprobre sur l'être pussillanime qui n'a pas le courage d'être ami ferme ou ennemi déclaré ».

« Si c'est être pusillanime que de ressentir de l'horreur pour le crime, alors, Matilde, je me glorifie d'être pusillanime.

Quoique les passions aient pu m'écarter du droit chemin, je n'en sens pas moins dans mon cœur l'amour inné de la vertu; mais il vous sied mal de me rappeler mon parjure, á vous qui fûtes ma première séductrice, á vous qui avez éveillé mes vices assoupis, qui m'avez fait sentir le poids des chaînes de la religion, qui m'avez convaincu que le crime avait ses plaisirs. Mes principes ont pu fléchir devant la force de mon tempérament; mais je frémis encore, grâces au ciel, à la seule idée de recourir á la sorcellerie. Je ne me rendrai point coupable d'un crime si monstrueux et si impardonnable ».

« Impardonnable, dites-vous? Et tous les jours vous nous vantez la miséricorde infinie de l'Etre suprême! L'a-t-il donc tout récemment restreinte? Ne reçoit-il plus le pécheur avec joie? Vous lui faites injure, Ambrosio; vous aurez toujours le temps de vous repentir, et il a trop de bonté pour ne vous point pardonner. Offrez-lui une occasion glorieuse d'exercer sa miséricorde. Plus votre crime sera grand, plus il sera digne de sa clémence. Ecartez donc ces scrupules enfantins; laissez-vous persuader pour votre bien, et suivez-moi aux caveaux ».

« Oh! cessez, Matilde; ce ton dérisoire,

ce langage impie et hardi, sont révoltans dans toutes les bouches ; mais surtout dans celle d'une femme. Terminons ici cette conversation, qui n'excite en moi d'autres sentimens que l'horreur et le dégoût. Je ne veux ni vous suivre, ni accepter les services de vos agens infernaux. Je posséderai Antonia ; mais je ne veux employer que des moyens humains ».

« Alors vous ne la posséderez jamais. Vous êtes banni de sa présence ; sa mère a les yeux ouverts sur vos desseins ; elle est en garde contre vous. Je dis plus : Antonia en aime un autre ; un jeune homme d'un mérite distingué est maître de son cœur, et si vous n'y mettez obstacle, sous peu de jours elle sera son épouse. Cette nouvelle m'a été apportée par les invisibles serviteurs, auxquels j'eus recours dès que je m'aperçus de votre indifférence. Au moyen de ce talisman, je ne vous ai pas perdu de vue un seul instant ».

A ces mots, elle tira de dessous son habit un miroir d'acier poli, dont les bords étaient couverts de caractères étranges et inconnus.

« Ce miroir, continua Matilde, m'a aidée á soutenir les chagrins, les regrets que me causait votre indifférence. En y regardant, après avoir prononcé certains mots, on y voit la personne que l'on désire voir. Ainsi, quoique je fusse exilée de votre présence, vous n'en étiez pas moins, Ambrosio, présent à mes yeux ».

La curiosité du Moine fut ici vivement excitée.

« Ce que vous dites est incroyable ; Matilde, ne vous jouez-vous pas de ma crédulité » ?

« Faites-en l'essai vous-même ».

Il prit le miroir dans ses mains, et désira, comme on peut le croire, de voir paraître Antonia. Matilde prononça les mots magiques : aussitôt une fumée épaisse s'éleva des caractères tracés sur les bords et se répandit sur la surface. Elle se dispersa insensiblement ; l'on aperçut alors un mélange confus de couleurs et d'images, qui se rapprochant peu-á-peu, présentèrent enfin aux yeux du Moine Antonia en miniature.

Le lieu de la scène était un petit cabinet attenant á sa chambre ; elle se déshabillait pour se mettre au bain. Ses longues tresses de cheveux étaient déjà flottantes. Le Moine amoureux pouvait observer sans obstacles les contours voluptueux et l'admirable symétrie de toute sa personne. Un voile léger restait seul sur ses épaules, laissant sa gorge á demi-nue. Elle s'avança vers le bain, mit un pied dans l'eau ; la trouvant froide, elle le retira. Quoiqu'elle ne pût soupçonner qu'elle était observée, sa modestie naturelle la portait á tenir ses charmes voilés, et elle restait, incertaine, sur le bord de la baignoire, dans l'attitude de la Vénus de Médicis. En ce moment, un petit serin qu'elle avait apprivoisé vola vers elle, s'enfonça la tête la première au milieu de son sein, la lutinant du bec et des ailes. Antonia, souriant, voulut en vain se débarrasser de l'oiseau ; elle fut enfin obligée de déplacer ses mains pour le faire sortir, et le voile glissa jusqu'à ses pieds.

Ambrosio considéra quelques instans ce spectacle ; mais bientôt ses désirs se changèrent en frénésie, et n'y pouvant plus tenir, il laissa tomber le miroir :

« Je cède, s'écria-t-il. Matilde, je vous suis ; faites de moi ce que vous voudrez».

Matilde ne se fit pas répéter ce consentement. Il était déjá minuit ; elle courut á sa cellule, et revint bientôt avec sa corbeille et la clef de la porte du jardin, qui était demeurée en sa possession. Elle ne donna point au Moine le temps de la réflexion.

«Allons, lui dit-elle en le prenant par la

main, suivez-moi, et vous allez voir l'effet de votre résolution ».

En disant ces mots, elle l'attira après elle. Ils traversèrent, sans être vus, le lieu de sépulture, et arrivèrent au petit escalier du souterrain. La clarté de la lune les avait conduits jusqu'en cet endroit ; mais alors, Matilde ayant négligé de se munir d'une lampe, il leur fallut descendre dans l'obscurité.

« Vous tremblez, dit Matilde à son compagnon, qu'elle conduisait par la main ; ne craignez rien. Le lieu où nous devons nous rendre n'est pas éloigné ».

Parvenus au bas de l'escalier, ils continuèrent á marcher en côtoyant les murs. Au détour d'un des chemins, ils aperçurent dans le lointain une faible lueur, vers laquelle ils se dirigèrent. C'était celle d'une petite lampe sépulcrale, que les Religieuses tenaient constamment allumée devant la statue de Sainte-Claire. Cette lampe jetait une clarté triste et sombre sur les colonnes massives qui soutenaient la voûte en cet endroit, mais trop faible pour dissiper l'épaisse obscurité des caveaux voisins.

Matilde prit la lampe. « Attendez-moi, dit-elle, pendant quelques instans ; je reviendrai bientôt ».

A ces mots, elle s'enfonce précipitamment dans un des passages qui, partant de ce lieu et s'étendant dans diverses directions, formaient une sorte de labyrinthe; Ambrosio resta seul. Quand il se vit en ce lieu, environné de profondes ténèbres, ses craintes commencèrent à renaître. Il s'était laissé entraîner dans un moment de délire. Honteux de laisser voir ses terreurs á Matilde, depuis son entrée dans les caveaux, il avait su les dissimuler; mais alors elles reprirent sur lui tout leur empire. Il frémit en songeant à la scène dont il allait bientôt être témoin. Jusqu'à quel point ces terribles mystères ne pouvaient-il pas faire impression sur son ame? Ne pouvait-il pas se trouver entraîné á conclure quelque pacte, qui éléverait une éternelle séparation entre le ciel et lui? Implorer l'assistance de Dieu, c'est ce qu'il n'osait faire; il sentait trop combien il avait peu de droits à cette protection. Retourner au couvent, c'est le parti qu'il aurait pris sans hésiter; mais il désespérait de retrouver son chemin. Son sort était donc décidé. N'imaginant aucun moyen de s'y soustraire, il combattit sa crainte, et appela à son aide tous les raisonnemens qui pouvaient ranimer son courage. Il se dit qu'Antonia serait la récompense de sa hardiesse ; il parcourut en imagination ses charmes les plus secrets; il se dit encore, comme Matilde l'avait observé, qu'il aurait le temps de faire pénitence ; et comme c'était le secours de Matilde qu'il employait, et non celui des démons, que le crime de sorcellerie ne lui serait point imputé. Tout ce qu'il avait lu sur ce sujet le portant à croire que Satan n'avait de pouvoir sur un homme qu'autant qu'il existait entre eux un acte formel, Ambrosio était bien résolu à ne jamais souscrire un pareil acte, quelques menaces qu'on pût employer, ou quelques avantages qu'il en pût retirer.

Telles étaient ses méditations, tandis qu'il attendait le retour de Matilde. Elles furent interrompues par un murmure plaintif, qui paraissait partir de quelque endroit peu éloigné. Il prêta l'oreille et n'entendit plus rien. Après quelques minutes, le même murmure recommença. Ce bruit ressemblait au gémissement faible et prolongé d'un être souffrant. Dans toute autre situation, cette particularité aurait excité son attention et piqué sa curiosité ; il ne sentit en ce moment que de l'effroi. Son imagination était tellement remplie d'idées sombres et sinistres, qu'il ne douta point que cette voix ne fût celle de quelque ame en peine ; qui rodait autour de lui ; ou peut-être même était-ce celle de Matilde, qui, victime de sa présomption, expirait entre les griffes des démons. Le bruit paraissait s'approcher ; cependant ce n'était que par intervalles. Quelquefois on l'entendait plus clairement, á mesure sans doute que les souffrances de la personne qui poussait ces gémissemens devenaient plus aiguës et plus insupportables. Ambrosio crut même distinguer de temps en temps des sons articulés. Une fois entr'autres, il entendit fort clairement : « Oh ! Dieu, grand Dieu ! point d'espoir ; point de secours » ! Ces mots furent suivis de gémissemens plus profonds, qui s'appaisèrent insensiblement, et bientôt il n'entendit plus rien.

« Que veut dire ceci » ? dit le Moine dans une extrême agitation.

En ce moment une idée, frappant son esprit avec la rapidité de l'éclair, glaça d'effroi tous ses sens.

« Serait-il possible, s'écria-t-il en gémissant lui-même ? Oui, je n'en puis douter. Cette voix.... Oh ! quel monstre je suis » !

Il jura cette fois d'éclaircir ses doutes et de réparer sa faute, s'il n'était pas trop tard. Mais il fut bientôt distrait de ces sentimens généreux par le retour de Matilde, et n'eut plus alors á s'occuper que du danger et de l'embarras de sa propre situation. Il revit sur les murs la lueur de la lampe qui s'approchait; et, dans l'espace de quelques instans, Matilde fut près de lui. Elle avait quitté son habit religieux. Son vêtement alors était une longue robe garnie de fourrures, sur laquelle étaient tracés, en broderie d'or, un grand nombre de caractères étrangers, et que retenait au-dessous de son sein une ceinture de pierres précieuses, dans laquelle était fixé un poignard. Son cou, sa gorge et ses bras étaient nuds. Elle portait en sa main une baguette d'or. Ses cheveux étaient épars et flottans sur ses épaules; ses yeux brillaient d'un éclat effrayant: tout en elle inspirait à la fois le respect, la crainte et l'admiration.

« Suivez-moi, dit-elle au Moine d'une voix grave et solennelle; tout est prêt ».

Ambrosio la suivit en tremblant. Elle le conduisit á travers différens passages étroits, sur chaque côté desquels la lueur de la lampe lui découvrait à chaque instant des tombeaux, des ossemens et d'épouvantables images. Ils atteignirent à la fin une caverne spacieuse, dont l'œil cherchait en vain á apercevoir le toit et les extrémités. Un vent tempétueux bourdonnait dans le haut des voûtes. D'épaisses et humides vapeurs portaient le froid jusqu'au cœur du Moine. Ce fut en ce lieu que s'arrêta Matilde. Se tournant alors vers lui, et s'apercevant de son effroi á la pâleur de ses joues et de ses lèvres, elle lui reprocha, par un regard mêlé de mépris et de colère, sa pusillanimité ; mais elle ne parla point. Après avoir placé la lampe á terre auprès de la corbeille, et fait signe á Ambrosio de garder le silence, elle commença les rites mystérieux. Elle traça un cercle autour d'elle, un autre autour de lui, et prenant dans sa corbeille une petite phiole, elle répandit quelques gouttes sur la terre. Ensuite elle se courba, prononça quelques paroles barbares, et aussitôt une flamme pâle et sulfureuse s'éleva de terre, s'accrut par degrés, et à la fin s'étendit sur toute la surface, excepté l'espace compris dans l'enceinte des cercles. La flamme monta le long des colonnes de pierres brutes jusqu'au toit de la caverne, qui parut alors un immense édifice rempli d'une clarté bleue et tremblante. Ce feu était sans chaleur ; l'extrême fraîcheur du lieu ne faisait, au contraire, que s'accroître á chaque moment. Matilde continua ses enchantemens. Elle tira, par intervalle, de la corbeille divers objets dont les vertus et le nom étaient, pour la plupart, inconnus au Moine. Parmi ceux qu'il put distinguer, il remarqua particulièrement trois doigts humains et un *Agnus Dei*, qu'elle mit en pièces, et jeta devant elle dans les flammes, où ils furent à l'instant consumés.

Le Moine la regardait d'un œil inquiet et attentif. Tout-à-coup elle poussa un cri perçant, et parut être saisie d'un accès de délire ; elle s'arracha les cheveux, se battit le sein avec des gestes frénétiques, et tirant le poignard de sa ceinture, le plongea dans son bras gauche. Le sang coula en abondance. Se tenant sur le bord du cercle, elle avait soin qu'il tombât á l'extérieur. Les flammes se retirèrent de l'endroit sur lequel le sang se répandait. Un nuage épais s'éleva de la place ensanglantée, et monta par degrés jusqu'á la voûte de la caverne. Au même instant, on entendit un grand coup de tonnerre qui se répéta dans tous les passages souterrains, et la terre trembla sous les pieds de la magicienne.

C'est alors qu'Ambrosio se repentit de son imprudente témérité. L'imposante singularité du charme l'avait préparé á voir quelque chose d'étrange et d'horrible. Il attendait avec crainte l'apparition de l'esprit infernal, dont la venue s'annonçait par le tonnerre et les tremblemens de terre, et regardait autour de lui, s'attendant á quelque affreuse vision dont l'aspect le rendrait fou. Une sueur froide se répandit sur tout son corps ; il tomba sur ses genoux, ne pouvant plus se soutenir.

« Il vient », dit Matilde en le regardant d'un air joyeux.

Ambrosio tressaillit. Quelle fut sa surprise, lorsque, le tonnerre venant á cesser et le nuage á se dissiper, il entendit dans l'air une douce mélodie, et vit paraître une figure de la plus extraordinaire beauté. C'était celle d'un jeune homme, âgé tout au plus de dix-huit ans. Son visage et toutes ses formes étaient d'une régularité parfaite. Il était nu ; une étoile brillait sur son front ; á ses épaules étaient attachées deux ailes cramoisies. Un bandeau de plusieurs couleurs de feu retenait sa chevelure, dont les boucles ondoyantes jouaient autour de sa tête, et formaient une infinité de figures toutes plus brillantes que les pierres précieuses. Des cercles de diamans entouraient ses bras et ses doigts ; il tenait dans sa main droite une branche d'argent imitant le myrte. Tout son corps était environné de rayons et de nuages couleur de rose, et au moment qu'il parut, un délicieux parfum se répandit par toute la caverne. Ambrosio, émerveillé, tenait les yeux fixés sur lui dans une muette admiration ; mais quelle que fût la beauté de la figure, il remarqua cependant dans ses yeux une sorte d'inquiétude farouche, et dans tous ses traits une mélancolie mystérieuse, qui, annonçant en lui un ange déchu, inspiraient un secret effroi.

La musique cessa. Matilde, s'adressant á l'esprit, lui parla dans une langue inintelligible pour le Moine. L'esprit lui répondit dans le même idiome. Elle avait l'air d'insister sur quelques points que le démon ne voulait pas lui accorder. Il lançait fréquemment á Ambrosio des regards de colère qui le faisaient frémir. Matilde parut s'irriter par degrés contre lui ; elle lui parlait á haute voix et d'un ton impérieux, et l'on devinait á ses gestes qu'elle le menaçait de sa vengeance. Ses menaces produisirent l'effet désiré ; l'esprit tomba á genoux, et d'un air respectueux lui présenta la branche de myrte. Aussitôt qu'elle l'eut reçue, la musique se fit entendre de nouveau ; un nuage épais s'étendit sur l'apparition ; les flammes bleues disparurent, et l'obscurité régna de nouveau par toute la caverne. Ambrosio restait toujours á la même place. La surprise, l'inquiétude, la joie, tenaient toutes ses facultés enchaînées. Ses yeux á la fin percèrent l'obscurité ; il aperçut Matilde á ses côtés, revêtue de ses habits religieux ; et tenant le myrte dans sa main. Il ne restait aucune trace de l'enchantement ; les voûtes n'étaient plus illuminées que par la faible clarté de la lampe sépulcrale.

« J'ai réussi, dit Matilde, quoique un peu plus difficilement que je ne m'y étais attendue. Lucifer, que j'ai évoqué, était d'abord peu disposé à m'obéir ; il m'a fallu, pour l'y contraindre, faire usage de mes charmes les plus forts. Ils ont produit leur effet, mais je me suis formellement engagée á ne plus invoquer son ministère en votre faveur. Voyez donc á profiter convenablement de ce que j'ai fait pour vous. Mon art magique ne peut plus vous être d'aucune utilité. Vous ne pouvez á l'avenir espérer de secours surnaturels, qu'autant que vous invoqueriez les démons vous-même, et accepteriez pour votre compte les conditions de leurs services. Mais c'est ce que vous ne ferez jamais. Vous n'avez point assez de force d'ame pour les contraindre á vous obéir ; et á moins que vous ne consentiez à leur payer le prix fixé, ils ne vous serviront point volontairement. Pour cette fois seulement ils seconderont vos vues. Je vous donne le moyen de posséder votre maîtresse ; ayez soin de ne pas échouer dans votre tentative. Recevez ce myrte enchanté. Quand vous le porterez en votre main, toutes les portes s'ouvriront devant vous ; il vous procurera accès la nuit prochaine dans la chambre d'Antonia. Après avoir soufflé trois fois sur cette branche en prononçant son nom, vous la placerez sur son oreiller. Aussitôt un sommeil profond lui ôtera le pouvoir de vous résister. Ce sommeil durera jusqu'au point du jour. Ainsi vous ne risquerez point d'être découvert, puisqu'à l'instant où l'enchantement aura cessé, Antonia s'apercevra sans doute que quelqu'un a triomphé d'elle, mais ne pourra jamais découvrir quel est le ravis-eur. Soyez donc heureux, mon Ambrosio, et puisse le service que je vous rends vous convaincre du désintéressement et de la pureté de mon amitié. La nuit doit être avancée. Retirons-nous au couvent avant le jour, afin que notre absence ne puisse être remarquée ».

Le Moine reçut le talisman avec reconnaissance, mais sans parler. Ses idées étaient tellemeut troublées par les aventures de cette nuit, qu'il ne trouvait point de mots pour remercier Matilde. Il est vrai qu'en ce moment il sentait peu la valeur du présent. Matilde prit la lampe et sa corbeille, et conduisit son compagnon hors de la caverne mystérieuse. Elle remit la lampe á sa première place, et continua sa route dans l'obscurité jusqu'au pied de l'escalier de marbre, qu'elle monta plus aisément á la faveur des premières lueurs du crépuscule. Ils traversèrent tous deux le lieu de sépulture, refermèrent la porte du jardin, gagnèrent le cloître occidental, et se retirèrent, chacun dans sa cellule, sans avoir été observés.

Ambrosio se sentit alors plus calme ; il se réjouit de l'heureuse issue de son aventure, et réfléchissant sur les vertus du myrte d'argent, se crut déjá possesseur d'Antonia. Son imagination lui retraçant les charmes dévoilés á ses yeux par le miroir enchanté, il attendit impatiemment la nuit prochaine.

VIII.

« La nuit est close. Le grillon fait entendre son chant monotone, et l'homme répare par le repos ses forces épuisées par le travail. Le nouveau Tarquin presse doucement le faisceau de jonc sur lequel repose la chasteté qu'il va insulter ».

CYMBELINE.

Le Marquis de Las Cisternas avait fait en vain toutes les recherches possibles; Agnès était pour toujours perdue pour lui. Son désespoir fut si violent, qu'il fut atteint d'une longue et cruelle maladie. Son état l'empêcha de voir Elvire, comme il se l'était proposé; cette négligence, dont elle ignorait la cause, l'affligeait sensiblement. Lorenzo, occupé de la mort de sa sœur, n'avait pu instruire son oncle de ses desseins sur Antonia ; les ordres d'Elvire ne lui permettaient pas de se présenter devant elle sans le consentement du Duc ; et celle-ci n'entendant plus parler de ses propositions, en concluait qu'il avait trouvé un meilleur mariage, ou qu'on lui avait défendu de penser á sa fille. Chaque jour augmentait ses inquiétudes sur Antonia. Tant qu'elle avait conservé la protection du Prieur, elle avait supporté avec courage le mauvais succès de ses espérances, relativement á Lorenzo et au Marquis ; bientôt cette ressource lui avait manqué. Elle s'était convaincue qu'Ambrosio avait médité la perte de sa fille, et lorsqu'elle pensait que sa mort devait laisser Antonia sans ami, sans défense, au milieu d'un monde vil et pervers, son cœur se remplissait de crainte et d'amertume. Dans ces occasions, assise pendant des heures entières, les yeux attachés sur son aimable fille, elle paraissait écouter son innocent babil ; mais sa pensée n'était remplie que des chagrins dans lesquels un instant allait peut-être la plonger ; jetant alors brusquement ses bras autour d'elle, elle la serrait contre son sein, se penchait sur elle et l'arrosait de ses larmes.

Un événement se préparait alors, qui,

si elle l'eût connu, l'aurait soulagée de ses inquiétudes. Lorenzo n'attendait qu'une occasion pour informer le Duc de ses projets de mariage ; mais une circonstance qui se présenta à cette époque, l'obligea de différer de quelques jours cette explication.

La maladie de Don Raymond semblait devoir être longue. Lorenzo était constamment á côté de son lit, et le traitait avec une amitié vraiment fraternelle ; le mal, ainsi que sa cause affligeaient également le frère d'Agnès. Théodore n'était guère moins affecté ; cet aimable enfant ne quittait pas un instant son maître, et mettait tout en usage pour alléger ses peines. Le Marquis avait conçu pour la malheureuse Agnès une passion si vive, que chacun était convaincu qu'il ne pourrait lui survivre. La seule chose qui l'eût empêché jusqu'alors de succomber á sa douleur, était la persuasion qu'elle vivait encore, et qu'elle avait besoin de lui. Quoique persuadés du contraire, les gens qui l'entouraient l'entretenaient par pitié dans une opinion qui faisait sa seule consolation ; chaque jour on l'assurait qu'on faisait sur le sort d'Agnès de nouvelles recherches. On inventait des histoires sur les diverses tentatives que l'on supposait

avoir faites pour pénétrer dans le couvent; on lui en rapportait des circonstances qui, sans promettre d'une manière positive que l'on dût la retrouver, suffisaient du moins pour nourrir son espoir. Le Marquis tombait toujours dans des accès terribles de colère, lorsqu'on l'informait du mauvais succès de ces efforts supposés; mais loin de penser que d'autres dussent avoir le même sort, il s'obstinait á croire que quelques-uns seraient moins malheureux.

Théodore était le seul qui songeât à réaliser les chimères de son maître. Il s'occupait sans cesse á faire de nouveaux projets pour entrer dans le couvent, ou pour obtenir des religieuses quelques nouvelles d'Agnès. Cet objet était le seul qui pût l'engager á s'éloigner de Don Raymond. Véritable Protée, chaque jour il changeait de forme; mais toutes ces métamorphoses avaient peu de succès. Il revenait régulièrement au palais de Las Cisternas sans apporter aucune nouvelle qui confirmât les espérances de son maître. Un jour, il s'avisa de se déguiser en mendiant, se mit un emplâtre sur l'œil gauche, prit avec lui sa guitare, et se plaça à la porte du couvent.

Si Agnès est réellement enfermée ici,

se disait-il á lui-même, et si elle entend ma voix, elle la reconnaîtra, et trouvera peut-être quelque moyen de m'apprendre qu'elle y est.

Dans cette idée, il se mêla á une troupe de mendians, qui tous les jours s'assemblaient à la porte de Sainte-Claire pour y recevoir la soupe, que les religieuses avaient coutume de leur donner á midi. Chacun avait son écuelle pour emporter sa pitance. Mais Théodore, n'ayant aucun ustensile de ce genre, demanda á manger sa part á la porte du couvent. On y consentit sans difficulté. Sa voix douce et sa figure, encore jolie, malgré son large emplâtre, lui gagnèrent le cœur de la bonne vieille portière, qui, aidée d'une tourière, distribuait aux pauvres leurs portions. On dit à Théodore d'attendre que les autres s'en allassent, après quoi on lui promit de lui donner ce qu'il demandait. Le jeune homme ne demandait pas mieux, puisque ce n'était pas pour manger la soupe qu'il se présentait au couvent. Il remercia la portière, et, s'éloignant un peu de la porte, il s'assit sur une grande pierre, où il s'amusa á accorder sa guittare, pendant qu'on servait les mendians.

Aussitôt que la foule fut dissipée, on

appela Théodore á la porte, et on l'invita á entrer. Il obéit avec grand plaisir ; mais affectant un grand respect en passant le vénérable seuil, et paraissant être fort intimidé par la présence des Révérendes Dames. Son embarras simulé flatta la vanité des Religieuses, qui prirent á tâche de le rassurer. La portière le fit entrer dans son petit logement, pendant que la tourrière allait á la cuisine, d'où elle revint avec une double portion de soupe, meilleure que celle qu'on avait donnée aux mendians. La portière y ajouta quelques fruits et quelques confitures à elle. L'une et l'autre engagèrent le jeune homme à manger de bon cœur. Il répondit á toutes ces attentions par les témoignages d'une vive reconnaissance, et par mille bénédictions pour ses bienfaitrices. Pendant qu'il mangeait, les Sœurs admiraient la délicatesse de ses traits, la beauté de ses cheveux, et la grâce de son maintien. Elles se disaient tout bas l'une á l'autre, combien il était fâcheux qu'un si joli jeune homme fût exposé á toutes les séductions du monde, et pensaient qu'il serait très propre á devenir une colonne de la sainte église. Elles finirent par convenir que ce serait faire une œuvre méritoire que d'engager leur Supérieure á prier Ambrosio de recevoir le jeune mendiant dans l'ordre des Dominicains.

Après cette décision, la portière, qui avait grand crédit dans le couvent, courut en hâte à la cellule de l'Abbesse. Elle y fit du jeune homme un portrait si flatteur, que la vielle dame fut curieuse de le voir. La portière eut ordre de le conduire au parloir. Cependant le mendiant supposé sondait la tourière sur le destin d'Agnès, et sa déposition confirmait les assertions de l'Abbesse. Agnès, suivant elle, était tombée malade en revenant de confesse. Depuis ce moment elle n'avait plus quitté son lit, et la tourière elle-même avait été á son enterrement; elle avait vu même son corps mort, et avait aidé de ses propres mains á la mettre dans la bière. Ce récit découragea Théodore; mais ayant poussé l'aventure aussi loin, il crut devoir continuer.

Bientôt la portière revint, et lui ordonna de la suivre. Elle le conduisit á un parloir, derrière la grille duquel l'Abbesse était déjá assise. Elle était entourée de quelques Religieuses, venues avec empressement à une scène qui leur promettait quelque amusement. Théodore salua respectueusement, et sa présence eut le pouvoir d'adoucir un instant l'air sévère de l'Abbesse. Elle lui fit quelques questions sur ses parens, sur sa religion, sur les raisons qui l'avaient réduit à la mendicité. Ses réponses furent satisfaisantes ; aucune n'était vraie. On lui demanda ce qu'il pensait de la vie monastique ; il montra pour cet état le plus grand respect, la plus singulière vénération. Sur cela, l'Abbesse lui dit qu'il ne serait peut-être pas impossible d'obtenir pour lui l'entrée d'un ordre religieux ; qu'á sa recommandation on passerait par-dessus sa pauvreté, et qu'il pouvait à l'avenir compter sur sa protection, s'il la méritait par sa conduite. Théodore l'assura qu'il n'aurait pas de plus grande ambition que de se rendre digne de ses bontés. L'Abbesse, après lui avoir ordonné de revenir le lendemain, sortit du parloir.

Les Religieuses, que le respect pour leur Supérieure avait jusques-lá tenues dans le silence, se précipitèrent alors á la grille, et accablèrent le jeune homme de questions. Déjá il les avait toutes examinées avec attention. Mais, hélas ! Agnès n'était point parmi elles. Les interrogations se succédaient si vîte, qu'il lui était presque impossible de répondre. L'une lui demandait où il était né, son accent prouvant qu'il était étranger. Un autre voulait savoir pourquoi il portait sur l'œil gauche un emplâtre. La Sœur Hélène lui demanda s'il avait une sœur, attendu qu'elle serait bien aise d'avoir une compagne qui lui ressemblât. La Sœur Rachel était persuadée que le frère était plus aimable que ne le serait la sœur. Théodore s'amusait á débiter aux crédules Nonnes toutes les folies qui lui passaient par la tête. Il leur racontait ses aventures, parlait des géans qu'il avait vus, des pays merveilleux où il avait été. Né dans une terre inconnue, il avait été élevé á l'université des Hottentots, et avait passé deux ans parmi les Américains de la Silésie.

« Quand à la perte de mon œil, dit-il, c'est une juste punition de mon irrévérence pour la Sainte Vierge, lorsque je fis mon second pélérinage á Lorette. J'étais près de l'autel, dans la chapelle miraculeuse. Les Religieux mettaient á la sainte image ses plus beaux habits. On avait commandé aux pélerins de fermer les yeux pendant la cérémonie; mais, quoique naturellement pieux, je ne pus résister á ma curiosité. — Au moment où.... Mes Révérendes Mères, je vais vous glacer d'horreur, en vous racontant mon crime. Au moment où les Moines changeaient la chemise de la Sainte Vierge, je hasardai d'ouvrir mon œil gauche, et de jeter sur la statue un regard furtif. — Ce fut le dernier de mon œil. La gloire qui entourait la Sainte Vierge était si brillante, que je ne pus en supporter l'éclat. Je fermai vite mon œil sacrilége, et je ne l'ai jamais pu rouvrir ».

Au récit de ce miracle, les religieuses se signèrent, et promirent d'intercéder auprès de la Sainte Vierge pour obtenir qu'elle lui rendît l'usage de son œil. Elles admiraient l'étendue des voyages du jeune homme, et la bizarrerie des aventures qu'il avait eues dans un âge si tendre. Remarquant alors sa guitare, elles lui demandèrent s'il était habile musicien. Il repondit modestement que ce n'était pas á lui á décider de ses talens; mais il les pria de vouloir bien en juger, et on y consentit sans peine.

« Mais au moins, dit la vieille portière, n'allez pas nous chanter quelque chose de profane ».

« Vous pouvez compter sur ma discrétion, répondit Théodore. Vous allez apprendre, par l'histoire d'une demoiselle qui devint amoureuse d'un chevalier inconnu, combien il est dangereux pour les jeunes personnes de s'abandonner á leurs passions ».

« Mais l'histoire en est-elle vraie? » demanda la portière.

« A la lettre ; elle est arrivée en Danemarck, et l'héroïne en était si belle, qu'on ne la connaissait que sous le nom de l'aimable fille ».

Théodore accorda son instrument. Il avait lu l'histoire de Richard, roi d'Angleterre, découvert dans sa prison par un ménestrel, et il se flattait d'avoir auprès d'Agnès le même succès. Il choisit une ballade qu'elle lui avait apprise dans le château de Lindenberg, dans l'espoir qu'elle pourrait entendre sa voix et répondre á ses chants.

Après avoir accordé sa guitare, il fit un court exposé de son sujet, préluda quelques instans ; puis, donnant á sa voix toute l'étendue dont elle était susceptible, pour tâcher de la faire parvenir jusqu'aux oreilles d'Agnès, il chanta la romance suivante.

LE ROI DE L'EAU.

Qui n'a pas su dans le pays
La fin tragique d'Anaïs ?
Dans ses roseaux, le roi de l'onde
Aperçut Anaïs, la blonde,
Qui côtoyait ses bords fleuris,
Et voilà qu'il est d'elle épris.

Mais dans son cœur, au mal enclin,
L'Amour n'est qu'un désir malin.
Par la puissance de sa mère,
Une vapeur vaine et légère
Se transforme en un coursier blanc,
Qui le reçoit en bondissant.

Anaïs cueillait des barbeaux :
Il l'aborde, et lui dit ces mots :
« Jeune beauté, vous semblez lasse :
« Il va pleuvoir, le ciel menace ;
« Sur mon cheval daignez monter
« Il sera fier de vous porter. »

Anaïs répond : « je ne dois
« Refuser seigneur si courtois :
« Je m'abandonne à votre zèle. »
Vite il descent et sur la selle
Place Anaïs à son côté ;
L'animal s'échappe, emporté.

« Seigneur, dit-elle il est bien vif ! »
« Oui, répond l'autre, assez rétif. »
Un torrent s'offre à leur passage,
L'ardent coursier s'y jette et nage :
Anaïs pousse un cri perçant,
Et se résigne en frémissant.

Son compagnon rit de sa peur ;
Et pourtant le torrent trompeur
S'accroît, s'accroît ; plus on avance,
S'élargit, devient fleuve immense :
Anaïs, d'un œil effrayé,
Voit déjà l'eau mouiller son pié.

« Hélas! dit-elle, où sommes-nous?
« Seigneur, j'en ai jusqu'aux genoux. »
« Comptez sur moi. » « Vraiment j'y compte :
« Mais, regardez comme elle monte!
« Juste ciel! elle atteint mon bras... »
Le déloyal en rit tout bas.

« Dieux! le cheval qui disparaît...
« Moi-même, hélas! Ah! c'en est fait....
« A moi donc! par pitié, par grâce...! »
Le monstre alors s'en débarrasse,
La précipite dans les flots,
Puis content rentre au sein des eaux.

Jeunes fillettes, son malheur
Doit vous garder de même erreur.
Anaïs périt par un traître
Qu'elle écouta sans le connaître.
Il est des séducteurs plus doux;
Mais, pourtant, prenez garde à vous.

Le jeune homme cessa de chanter. Les Religieuses charmées, louèrent la douceur de sa voix et l'habileté de son jeu; mais quelque flatteur, qu'eussent pu être leurs éloges dans une autre circonstance, Théodore les trouva insipides; son artifice n'avait pas réussi. En vain s'arrêtait-il entre chaque stances, aucune voix ne répondit á la sienne; et il renonça à l'espoir d'être aussi fortuné que Blondel.

La cloche du couvent avertit alors les Religieuses qu'il était temps de descendre au réfectoire. Obligées de quitter la grille, elles le remercièrent du plaisir que leur avait donné sa chanson, et lui firent promettre de revenir le lendemain. Pour le mieux engager á tenir sa parole, les Sœurs lui dirent qu'il pourrait compter, pour sa subsistance, sur les bienfaits du couvent, et chacune d'elles lui fit un petit présent. L'une lui donna un boîte de bonbons, l'autre un *Agnus Dei*; quelques-unes lui apportèrent des reliques, des images, de petits crucifix : d'autres lui donnèrent de petits ouvrages de Religieuses, comme des broderies, des rubans et des fleurs. On lui conseilla de vendre tout cela pour se procurer quelqu'argent, ajoutant qu'il en trouverait aisément la défaite, parce que les Espagnols faisaient grand cas des ouvrages de Religieuses. Ayant reçu ces dons avec des témoignages de respect et de reconnaissance, il observa que, n'ayant point de panier, il serait embarrassé pour les emporter. Plusieurs des Sœurs allaient partir pour lui en chercher, lorsqu'elles furent retenues par le retour d'une femme âgée, que Théodore jusqu'alors n'avait pas remarquée. Sa figure douce et son air respectable le prévinrent sur-le-champ en sa faveur.

« Ah ! dit la portière, voilà la Mère Sainte-Ursule avec un panier ».

La Religieuse approcha de la grille, et présenta le panier à Théodore. Il était d'osier, bordé de satin bleu, et sur les quatre coins étaient peints des sujets tirés de la légende de Sainte Geneviève.

« Voilà mon présent, dit-elle en le lui offrant ; jeune homme, ne le dédaignez pas. Quoiqu'il paraisse de peu de valeur, il a plusieurs vertus cachées ».

Elle accompagna ces mots d'un regard expressif, qui ne fut pas perdu pour Théodore. En recevant le présent, il s'approcha de la grille autant qu'il le put.

« Agnès », lui dit la Religieuse, si bas qu'il eut peine à l'entendre.

Il la comprit cependant, et conclut que quelque mystère était caché dans le panier. Son cœur palpita de joie et d'impatience. Dans ce moment l'Abbesse rentra. Elle avait l'air mécontente, et paraissait, s'il eût été possible, plus sévère qu'à son ordinaire.

« Mère Saint-Ursule, j'ai à vous parler en particulier ».

La Religieuse changea de couleur et parut déconcertée.

« A moi ? dit-elle d'une voix chancelante ».

L'Abbesse lui ordonna de la suivre, et se retira. La Mère Sainte-Ursule obéit. Bientôt après, la cloche du réfectoire sonna pour la deuxième fois. Les Religieuses quittèrent la grille, et Théodore se trouva en liberté d'emporter son butin. Enchanté d'avoir enfin obtenu quelque nouvelle à porter au Marquis, il vola plutôt qu'il ne courut á l'hôtel de Las Cisternas. En quelques minutes il fut au chevet du lit de son maître, avec son panier á la main. Lorenzo était á la chambre, occupé á consoler son ami d'un malheur qu'il ne sentait lui-même que trop amèrement. Théodore exposa son aventure, et l'espoir que lui avait donné le présent de la Mère Sainte-Ursule. Le Marquis se souleva sur son oreiller. Ce feu qui, depuis la mort d'Agnès, semblait éteint, parut se ranimer, et l'espoir étincela dans ses yeux. Lorenzo ne paraissait guère moins affecté. Il attendait avec une impatience inexprimable la solution de ce mystère. Raymond prit le panier des mains de son page, en vida le contenu sur son lit, et examina le tout avec une attention minutieuse. Il s'attendait à trouver une lettre au fond ; mais il n'aperçut rien : on recommença à chercher, et toujours sans succès. Enfin Don Raymond remarqua qu'un coin de la bordure du satin bleu était un peu renflé ; il l'arracha vivement, et trouva dessous un petit morceau de papier, qui n'était ni plié ni cacheté. Il était adressé au Marquis de Las Cisternas, et contenait ce qui suit :

« Ayant reconnu votre page, je hasarde « de vous envoyer ce billet. Procurez« vous un ordre pour me faire arrêter, « ainsi que l'Abbesse ; mais qu'on ne l'e« xécute pas avant vendredi á minuit. « C'est ce jour-là que nous fêtons Sainte « Claire. Les Religieuses feront une pro« cession aux flambeaux, et je serai par« mi elles. Prenez soin qu'on ne connaisse « pas votre projet. Si vous lâchiez un seul « mot qui pût éveiller les soupçons de « l'Abbesse, vous n'entendriez jamais par« ler de moi. Soyez prudent, si vous ché« rissez la mémoire d'Agnès et si vous dé« sirez punir ses assassins. Ce que j'ai á « vous dire vous glacera d'horreur ».

Sainte-Ursule.

Le Marquis n'eut pas plutôt lu le billet, qu'il retomba sans connaissance sur son oreiller. L'espérance, qui jusqu'alors avait soutenu sa vie, s'évanouissait, et ces mots ne le convainquaient que trop positivement qu'Agnès n'était plus. Lorenzo fut moins frappé de cette circonstance, parce qu'il était depuis long-temps persuadé que sa sœur avait péri par quelques moyens criminels. Lorsqu'il vit, par la lettre de la Mère Sainte-Ursule, combien ses soupçons étaient fondés, leur confirmation n'excita en lui d'autre sentiment qu'un désir ardent de punir les assassins comme ils le méritaient. Il ne fut pas aisé de faire revenir le Marquis; aussitôt qu'il eut recouvré la parole, il se répandit en exécrations contre les meurtriers de sa bien-aimée, et jura d'en tirer une vengeance signalée. Il s'abandonna tellement à son impuissante fureur, que, son corps affaibli ne pouvant supporter la violence des sentimens qui l'agitaient, il retomba bientôt dans sa première insensibilité. Sa situation affectait tendrement Lorenzo; il aurait voulu ne point sortir de l'appartement de son ami : mais d'autres soins réclamaient sa présence. Il fallait se procurer un ordre pour arrêter la Prieure de Sainte-Claire. Ayant donc laissé Raymond entre les mains des meilleurs médecins de Madrid, il quitta l'hôtel de Las

Cisternas et courut au palais du Cardinal-Duc.

Son mécontentement fut excessif, lorsqu'il trouva que des affaires d'état avaient obligé le Cardinal de partir pour une province éloignée. Il n'y avait que cinq jours jusqu'au vendredi. Cependant il se flatta de pouvoir, en marchant nuit et jour, être de retour pour le pélérinage de Sainte-Claire; il partit donc á l'instant, trouva le Cardinal-Duc, et lui peignit des plus vives couleurs le crime présumé de l'Abbesse, ainsi que les effets qu'il avait produits sur la santé du Marquis. Il ne pouvait employer d'argument plus péremptoire. De tous les neveux du Cardinal, le Marquis était celui qu'il aimait le plus tendrement, et la Prieure ne pouvait á ses yeux commettre un plus grand crime que de mettre en danger la vie de ce neveu bien-aimé. En conséquence, il accorda l'ordre sans difficulté. Il donna aussi á Lorenzo une lettre pour le principal officier de l'inquisition, qu'il priait de veiller á l'exécution de cet ordre. Muni de ces pièces, Médina se rendit en hâte á Madrid, où il arriva le Vendredi, peu d'heures avant la nuit. Il trouva le Marquis un peu mieux; mais si faible, si épuisé qu'il ne pouvait qu'avec la plus grande peine se mouvoir et parler. Ayant passé une heure á côté de son lit, Lorenzo le quitta pour aller instruire son oncle de son projet, et pour donner á Don Ramirez de Mello la lettre du Cardinal. Le premier fut saisi d'horreur en apprenant le sort de sa malheureuse nièce. Il encouragea Lorenzo á punir ses assassins, et lui promit de l'accompagner le soir au couvent de Sainte-Claire. Don Ramirez lui promit de le seconder de tout son pouvoir, et choisit une troupe d'archers de confiance pour prévenir toute opposition de la part du peuple.

Tandis que Lorenzo s'occupait à démasquer les hypocrisies religieuses, il ne savait pas quels chagrins un autre hypocrite lui préparait. Aidé des agens infernaux de Matilde, Ambrosio avait résolu la perte de l'innocente Antonia. Son heure fatale approchait. Elle avait souhaité le bon soir á sa mère. En l'embrassant elle se sentit saisie d'une espèce de découragement involontaire. Après l'avoir quittée, elle vint sur-le-champ la retrouver, se jeta dans ses bras, et baigna ses joues de ses pleurs. Elle ne pouvait se résoudre à la quitter. Un secret pressentiment lui faisait craindre de ne la jamais revoir. Elvire remarqua ces vaines terreurs, et tâcha de tourner en ridicule ces préjugés de l'enfance. Elle la reprit doucement de ce qu'elle s'abandonnait á cette tristesse sans objet, et lui fit observer combien il était dangereux de se livrer á de pareilles idées.

A toutes ces remontrances, elle ne recevait d'autre réponse que :

« Maman ! ma chère maman ! Ah ! Dieu veuille qu'il n'en soit rien ».

Elvire, dont les inquiétudes au sujet de sa fille retardaient beaucoup la guérison, ressentait encore les suites de la cruelle maladie qu'elle venait d'avoir. Se trouvant ce soir plus indisposée, elle se coucha plutôt qu'á l'ordinaire. Antonia sortit á regret de la chambre de sa mère ; jusqu'á ce que la porte fut fermée, elle fixa sur elle des yeux pleins d'une expression mélancolique. Elle se retira dans sa chambre. Son cœur était rempli d'amertume ; il lui semblait que tout espoir était éteint pour elle, et que le monde ne contenait plus rien qui pût lui faire chérir son existence. Elle tomba sur un siége, la tête appuyée sur son bras, regardant, sans le voir, le parquet, tandis que les plus tristes idées assiégeaient son imagination. Antonia était encore dans cet état d'insensibilité, lorsqu'elle en fut tirée par quelques sons d'une musique douce qui se faisait entendre sous sa fenêtre. Elle se leva et s'approcha de la croisée pour la mieux entendre ; ayant couvert son visage de son voile, elle se permit de regarder dans la rue. A la lumière de la lune, elle aperçut plusieurs hommes jouant du luth et de la guitare. Un peu plus loin était un autre, enveloppé dans son manteau, dont la taille et la tournure ressemblaient á celles de Lorenzo; elle ne se trompait pas dans cette conjecture, c'était Lorenzo lui-même qui, lié par la promesse qu'il avait faite de ne se point présenter devant Antonia sans le consentement de son oncle, tâchait de temps en temps d'apprendre á sa maîtresse, par quelques sérénades, que son attachement durait toujours. Son stratagème n'opéra pas l'effet qu'il attendait. Antonia était loin de supposer qu'elle fût l'objet de cette musique nocturne. Trop modeste pour se croire digne de ces attentions recherchées, elle conjecturait qu'elles s'adressaient à quelque belle dame du voisinage, et s'affligeaient de l'idée qu'elles vinssent de Lorenzo.

L'air que l'on jouait était doux et triste; il s'accordait avec la situation d'esprit d'Antonia, et elle l'écouta avec plaisir. Après quelques momens de symphonie, plusieurs voix se firent entendre, et Antonia distingua les paroles suivantes :

LA SÉRÉNADE.

Je t'invoque, ô ma lyre!
Rends des accords heureux ;
Peint le tendre délire
De mon cœur amoureux.

Sur tous les cœurs régner par l'espérance,
De ses regards faire aimer le poison,
Troubler l'indifférence,
Égarer la raison,
Promettre le bonheur à l'amant qui soupire,
Asservir le sage au joug qu'il a bravé,
De la beauté tel est l'empire :
Hélas! je l'ai trop éprouvé.
Je t'invoque, etc.

Brûler long-temps pour d'insensibles charmes,
Dans les tourmens passer de tristes nuits,
Languir, baigné de larmes
Et consumé d'ennuis,
Sentir son esclavage en adorant ses chaînes,
A des maux sans relâche être enfin réservé,

Cruel amour, voilà tes peines !
Et mon cœur l'a trop éprouvé.
Je t'invoque, etc.

Voir une belle à nos vœux favorable,
Lire en ses yeux qu'enfin son cœur se rend,
Presser sa bouche aimable
D'un plaisir dévorant,
Recueillir dans ses bras les douces récompenses
D'un feu respectueux qu'on a su captiver,
Amour, voilà tes jouissances !
Mon cœur doit-il les éprouver ?
Je t'invoque, etc.

Le chant ayant cessé, les musiciens se dispersèrent, et le calme recommença á régner dans la rue. Antonia ne quitta qu'á regret la croisée. Elle se recommanda, comme á l'ordinaire, á la protection de sainte Rosalie, fit ses prières accoutumées, et s'alla coucher. Le sommeil ne se fit pas long-temps attendre ; bientôt sa présence la soulagea de ses terreurs et de ses inquiétudes.

Il était près de deux heures, avant que le luxurieux Dominicain se fût mis en marche vers la demeure d'Antonia. On a déjá dit que le couvent était peu éloigné de la rue Saint-Jago. Il gagna la maison sans être aperçu. Lá, il s'arrêta, et pendant quelques instans, il hésita, il réfléchit sur l'énormité du crime qu'il allait commettre, sur le danger qu'il courait s'il était découvert, et sur la probabilité qu'Elvire, après ce qui s'était passé, le soupçonnerait d'avoir déshonoré sa fille. D'un autre côté, le vice lui suggérait qu'elle ne pourrait faire que le soupçonner; qu'on ne pourrait produire aucune preuve de son crime; qu'il paraîtrait impossible que l'attentat eût été commis sans qu'Antonia sût quand, où, et par qui. Sa réputation enfin lui paraissait trop bien établie, pour être ébranlée par les accusations isolées de deux femmes inconnues. A cet égard, il était dans l'erreur. Il ne savait pas combien est incertaine la faveur populaire, et qu'un instant suffit pour faire détester du public celui qui la veille était son idole. Le résultat de la délibération du Moine fut de persister dans son projet. Il monta les marches qui conduisaient à la maison. Aussitôt qu'avec son myrte d'argent il eut touché la porte, elle s'ouvrit d'elle-même pour le laisser passer. Il entra, et d'elle-même la porte se referma derrière lui.

Aidé du clair de lune, il monte avec précaution les marches de l'escalier; à tout moment il s'arrête, il regarde autour de lui avec crainte et inquiétude.

Dans chaque ombre il croit voir un espion. Il prend pour le son d'une voix le moindre murmure de l'air. La conscience de l'action infâme dont il est occupé glace son cœur, et le rend plus timide que celui d'une femme. Cependant il avance ; il parvient á la porte de la chambre d'Antonia. Lá, il s'arrête encore. Il écoute ; aucun bruit ne se fait entendre. Ce silence absolu lui persuade que sa victime est endormie, et il se hasarde á lever le loquet. La porte était verrouillée au-dedans, elle résiste à ses efforts ; mais il ne l'a pas plutôt touchée avec le talisman, que le verrou se retire. Il entre enfin, et se trouve dans la chambre où l'innocente créature dormait paisiblement, ne se doutant guère du danger qui était si près d'elle. La porte se referme sans bruit, et le verrou va de lui-même se replacer dans sa gache.

Ambrosio s'avance á pas lents. Il prend soin que le parquet ne murmure point sous ses pieds ; il retient son haleine jusqu'á ce qu'il soit auprès du lit. Il s'empresse de remplir les rites mystérieux que Matilde lui a prescrits. Ayant soufflé trois fois sur le myrte d'argent, et prononcé en même-temps le nom d'Antonia, il le pose sur son oreiller. Les effets qu'il en avait obtenus ne lui permettaient pas de douter qu'il ne réussît à prolonger le sommeil de sa victime. Aussitôt que l'enchantement fut fini, il la regarda comme étant absolument en son pouvoir. Le désir impur étincela dans ses yeux; il osa alors les fixer sur la belle endormie. Une lampe, qui brûlait devant l'image de Sainte Rosalie, jetait dans la chambre une faible lumière, et lui permettait d'examiner tous les charmes exposés á sa vue. Antonia, fatiguée par la chaleur, avait jeté sa couverture ; la main insolente du Religieux écarte le drap qui la couvrait encore. Un de ses bras soutenait sa tête ; l'autre penchait avec grâce sur le côté du lit. Quelques tresses de ses cheveux, échappées de la mousseline destinée à les contenir, tombaient jusques sur son sein, qui se soulevait doucement dans les mouvemens d'une respiration tranquille. L'air brûlant de la saison avait animé ses joues de couleurs plus vives qu'à l'ordinaire. Un léger sourire errait sur ses lèvres vermeilles, qui de temps en temps s'entr'ouvraient pour laisser passer un soupir, ou prononcer quelques mots inarticulés. Un air de candeur et d'innocence régnait sur toute sa personne, et sa nudité même avait une sorte de pudeur, qui était un aiguillon de plus pour les désirs du Moine.

Il resta quelque temps á dévorer des yeux ces charmes, qui devaient bientôt être la proie de sa passion effrénée. La bouche demi-close d'Antonia semblait appeler le baiser. Il se pencha sur elle ; il posa ses lèvres sur les siennes, et respira avec délices le parfum de son haleine. Ce prélude du plaisir ne fit qu'exciter son ardeur pour de plus vives jouissances. Ses désirs exaltés devinrent pareils à ceux de la brute en fureur. Résolu à ne pas différer d'un instant de les satisfaire, il se hâte de se débarrasser des vêtemens qui l'importunent....

« Grand Dieu! s'écrie une voix derrière lui, ne me tromperai-je pas? est-ce une illusion » ?

La terreur, l'étonnement et la confusion, frappèrent á la fois Ambrosio lorsqu'il entendit ces paroles. Il se retourne vers la voix qui les prononçait ; il aperçoit Elvire, qui, debout á la porte de la chambre, le regardait avec horreur et indignation.

Un songe affreux lui avait représenté Antonia auprès d'un précipice. Elle la voyait sur le bord, tremblante, prête á tomber ; elle l'entendait lui crier : « Sauvez-moi, maman, sauvez-moi ; encore un instant, et il sera trop tard. » Elvire épouvantée s'était éveillée. L'illusion avait fait sur elle une impression trop forte pour lui permettre de reposer, jusqu'á ce qu'elle se fût assurée de la tranquillité d'Antonia. Sortant à la hâte de son lit, elle avait jeté sur elle une robe ; et passant dans le cabinet où couchait la femme-de-chambre, elle avait gagné la chambre d'Antonia, précisément assez á temps pour l'arracher des bras de son ravisseur.

La honte d'un côté, et de l'autre la surprise, semblaient avoir changé en statues et le Moine et Elvire ; ils se regardaient en silence. La dame le rompit la première.

« Ce n'est point un songe, dit-elle enfin c'est véritablement Ambrosio que je vois ; c'est l'homme que tout Madrid regarde comme un saint, que je trouve à cette heure indue près de la couche de ma malheureuse fille. Monstre d'hypocrisie ! je soupçonnais déjà vos desseins ; mais par égard pour la faiblesse humaine, j'avais la bonté de ne vous pas accuser ; le silence aujourd'hui serait un crime. Toute la ville sera instruite de votre incontinence. Je vous démasquerai, misérable, et je ferai connaître á l'église le serpent qu'elle nourrit dans son sein ».

Pâle et confus, le coupable restait interdit et tremblant devant elle. Il aurait bien voulu trouver quelque justification ; mais sa conduite n'en admettait aucune ; il ne pouvait prononcer que des phrases sans suites et des excuses vagues, qui se détruisaient l'une par l'autre. Elvire était trop irritée pour accorder le pardon qu'il demandait ; elle déclara qu'elle allait éveiller le voisinage, et faire de lui un exemple pour les hypocrites présens et à venir. Courant alors vers le lit, elle appela Antonia pour l'éveiller, et trouvant que sa voix n'en venait pas á bout, elle la prit par le bras et la souleva de dessus son oreiller. Mais le charme opérait encore. Antonia ne parut rien sentir, et lorsque sa mère eut cessé de la soutenir, elle retomba sur son lit.

« Ce sommeil n'est pas naturel, dit Elvire étonnée, dont l'indignation croissait á chaque instant. Il y a là-dessous quelque mystère. Mais tremblez, hypocrite. Bientôt votre scélératesse sera dévoilée. — Au secours, au secours, s'écria-t-elle, venez ici, Flore ! Flore ! »

« Madame, écoutez-moi un instant, lui dit le Moine, rappelé á lui-même par l'urgence du danger. Je vous jure, parce qu'il y a de plus sacré, que l'honneur de votre fille est encore intact. Pardonnez-moi ma faute, épargnez-moi la honte de la publicité, et permettez-moi de regagner le couvent. Par pitié, accordez-moi cette grâce, et je vous promets que, non-seulement Antonia sera pour toujours á l'abri de toute poursuite de ma part, mais que ma vie entière vous prouvera.... »

Elvire l'interrompit brusquement : « Antonia á l'abri de vos poursuites ! Ah ! je saurai bien l'en garantir. Vous ne trahirez plus la confiance des mères. Votre iniquité sera dévoilée ; tout Madrid frémira de votre perfidie, de votre hypocrisie et de votre incontinence. Quelqu'un, holá ! quelqu'un ! Flore ! Flore ! hola » !

Pendant qu'elle parlait, Ambrosio tout d'un coup se souvint d'Agnès C'était ainsi qu'elle avait imploré sa piété ; c'était ainsi qu'il avait rejeté ses prières ; c'était son tour alors de souffrir, et il était forcé de reconnaître que sa punition était juste. Cependant Elvire continuait d'appeler Flore à son secours ; mais sa voix était tellement étouffée par la colère, que cette fille, ensevelie dans un profond sommeil, n'entendit point ses cris. Elvire n'osait pas rentrer dans le cabinet où Flore était couchée, dans la crainte que le Moine ne prit ce moment pour échapper. Il en avait en effet le projet. Il se flattait que, s'il pouvait regagner son couvent sans être vu de personne autre qu'Elvire, le témoignage de celle-ci ne suffirait pas seul pour détruire une réputation aussi bien établie que l'était la sienne dans Madrid. Dans cette idée, il rassembla á la hâte les vêtemens dont il s'était déjá dépouillé, et marcha vers la porte. Elvire s'aperçut de son dessein, elle le suivit, et avant qu'il pût tirer le verrou, elle le saisit par le bras et l'arrêta.

« Ne croyez pas fuir, lui dit-elle, vous ne quitterez pas cette chambre sans qu'il y ait des témoins de votre crime ».

Ambrosio essaya en vain de se dégager. Elvire ne lâchait point sa prise, elle redoublait ses cris pour obtenir du secours. Le danger du Moine était pressant; il croyait á tout moment voir le voisinage accourir à la voix d'Elvire, et, devenu furieux par l'approche du péril, il prit une résolution funeste et terrible. Se retournant tout-á-coup, d'une main il saisit Elvire á la gorge, de manière á l'empêcher de crier; et de l'autre, la renversant par terre, il l'entraîna vers le lit. Surprise par cette brusque attaque, elle put á peine faire quelques efforts pour se débarrasser, tandis que le Moine, arrachant l'oreiller de dessous la tête d'Antonia, en couvrait le visage d'Elvire, et de son genou lui pressant fortement la poitrine, tâchait de l'étouffer. Il ne réussit que trop bien. Elvire, naturellement vigoureuse, et puissamment excitée par la douleur, lutta long-temps pour se dégager, mais ses efforts furent inutiles. Le Moine resta ferme, le genou toujours appuyé sur son sein, il vit sans pitié les mouvemens convulsifs de ses membres tremblans, et soutint sans frémir le spectacle de ce corps palpitant, prêt á se séparer de l'ame qui l'habitait. Cette terrible agonie se termina : Elvire cessa de disputer sa vie. Le Moine ôta l'oreiller, et la considéra. Son visage était couvert d'une noirceur effrayante. Ses membres n'avaient plus aucun mouvement. Le sang était glacé dans ses veines. Son cœur avait cessé de battre, et ses mains étaient froides et roidies. Cette figure, jadis si noble, si majestueuse, n'était plus qu'un cadavre insensible, froid et dégoûtant.

Cette action horrible ne fut pas plutôt consommée, qu'Ambrosio aperçut toute l'énormité de son crime. Une sueur froide se répandit sur son corps; ses yeux se fermèrent; il s'appuya en chancelant sur une chaise, et s'y laissa tomber presque aussi immobile que la malheureuse qui était étendue á ses pieds. La nécessité de fuir, et la crainte d'être trouvé dans l'appartement d'Antonia, l'arrachèrent de cet état. Il ne fut point tenté de profiter de son crime. Antonia lui parut alors un objet révoltant. Le froid de la mort avait remplacé cette chaleur, dont naguère il était dévoré. Il ne se présentait á son esprit que des idées sinistres de crime, de mort, de honte pour le présent, et de punition pour l'avenir. Partagé entre la crainte et le remords, il se prépare á fuir. Cependant ces terreurs ne dominaient pas tellement sa pensée qu'elles l'empêchassent de prendre les précautions nécessaires à sa sûreté. Il replaça l'oreiller sur le lit, prit ses habits, et le fatal talisman à la main, dirigea vers la porte ses pas mal assurés. Troublé par la crainte, il croyait voir mille fantômes s'opposer á sa fuite. De quelque côté qu'il se tournât, le cadavre défiguré semblait se trouver sur son passage, et il fut long-temps avant d'arriver á la porte. Le myrte enchanté produisit son effet ordinaire. La porte s'ouvrit. Il se hâta de descendre l'escalier, sans rencontrer personne; il se rendit au couvent, et s'étant enfermé dans sa cellule, il abandonna son ame aux tourmens d'une inutile remords et à la crainte d'une publicité prochaine.

IX.

« Dites-moi, morts, aucun de vous par pitié ne voudra-t-il nous apprendre le secret qui vous est révélé. Oh! s'il plaisait à quelque officieux revenant de nous dire ce que vous êtes, ce que nous seront bientôt! J'ai ouï dire que quelquefois des ames obligeantes étaient venues annoncer aux vivans leur mort prochaine; je leur saurais gré de frapper à ma porte et de me donner l'alarme».

Blair.

Ambrosio frémissait sur lui-même, lorsqu'il considérait les rapides progrès qu'il faisait dans l'iniquité. L'énorme crime qu'il venait de commettre le remplissait d'une véritable horreur. Elvire assassinée était sans cesse devant ses yeux; déjà son action était punie par les tourmens de sa conscience. Cependant cette impression s'affaiblit avec le temps. Un jour se passa ; un autre le suivit ; aucun soupçon ne paraissait tomber sur lui. L'impunité lui fit paraître son crime moins odieux. Il commença á reprendre courage, et á mesure que ses craintes d'être découvert diminuèrent, il devint moins sensible á l'aiguillon du remord. Matilde travaillait elle-même à calmer ses alarmes. A la première nouvelle de la mort d'Elvire, elle avait paru fort affectée, et s'était jointe aux Religieux pour déplorer la malheureuse catastrophe de son aventure. Mais lorsqu'elle le vit moins agité, et qu'elle le crut mieux disposé á écouter ses argumens, elle recommença á lui parler de sa faute en termes plus doux, et tâcha de le convaincre qu'il n'était pas si coupable que lui-même paraissait le croire. Elle lui représenta qu'il n'avait fait qu'user des droits que la nature donne á chacun de veiller á sa sûreté personnelle ; qu'il fallait qu'Elvire ou lui périssent, et que, par l'inflexibilité qu'elle lui avait témoignée, elle avait mérité son sort. Elle remarqua ensuite que, comme Ambrosio s'était auparavant rendu suspect á Elvire, il était heureux pour lui que la mort l'eût mise hors d'état de parler, puisque, sans cette dernière aventure, les soupçons qu'elle avait conçus auraient pu, en devenant publics, avoir des suites désagréables; il s'était ainsi débarrassé d'une ennemie qui le connaissait assez pour être dangereuse, et qui était le plus grand obstacle qui s'opposât á ses desseins sur Antonia. Elle l'engagea d'ailleurs á ne point abandonner ces desseins. Elle l'assura que, n'étant plus protégée par l'œil vigilant de sa mère, la fille deviendrait aisément sa conquête; á force de le louer, de rappeler les charmes d'Antonia, elle tâcha de rallumer les désirs du Religieux: elle y réussit encore.

Comme si les crimes dans lesquels sa passion l'avait entraîné n'avaient fait qu'ajouter á sa violence, il eut plus envie que jamais de posséder Antonia. Il se flattait que le même bonheur qui avait couvert un premier crime, en accompagnerait un second. Sourd aux murmures de sa conscience, il résolut á tout prix de satisfaire ses désirs; il n'attendait qu'une occasion pour renouveler sa première entreprise; mais il était impossible de se la procurer par les mêmes moyens. Dans les premiers transports de son désespoir, il avait brisé le myrte enchanté. Matilde lui dit positivement qu'il ne devait pas espérer d'autre secours des esprits infernaux, à moins qu'il ne se soumît aux conditions proposées. Ambrosio était déterminé á ne le pas faire. Il se persuadait que, quelque grands que fussent ses crimes, tant qu'il conserverait ses droits á la rédemption, il ne devait pas désespérer d'obtenir son pardon. Il se refusa donc á faire aucun pacte avec le Diable. Matilde le trouvant ferme sur ce point, ne voulut pas le presser davantage. Elle occupa son imagination á trouver quelque moyen de mettre Antonia au pouvoir du Prieur, et il ne tarda pas á s'en présenter un.

La malheureuse enfant, tandis qu'on méditait ainsi sa ruine, avait cruellement souffert de la perte de sa mère. Son premier soin, en s'éveillant, était tous les matins de se rendre á l'appartement d'Elvire. Le jour qui suivit la fatale visite d'Ambrosio, elle s'éveilla plus tard qu'á l'ordinaire. L'horloge du couvent l'en avertit. Elle sortit promptement de son lit, jeta sur elle, á la hâte, quelques vêtemens; elle se dépêchait de passer chez sa mère pour savoir comment elle avait passé la nuit, lorsque son pied heurta quelque chose qui se trouvait sur son passage. Elle y jette les yeux. De quelle horreur ne fut-elle pas frappée, lorsqu'elle reconnut le corps d'Elvire? Elle poussa un grand cri, et se laissa tomber par terre. Prenant entre ses bras cette figure inanimée, elle la presse contre son sein ; elle sent le froid de la mort, et dans un mouvement de dégoût involontaire, elle la laisse retomber. Son cri avait effrayé Flore, qui se hâte de venir á son secours. Le spectacle qu'elle aperçoit la frappe d'une égale horreur ; mais sa douleur s'exhale d'une manière plus bruyante que celle d'Antonia. Elle fait retentir de ses cris toute la maison, tandis que sa maîtresse, presque suffoquée, ne peut témoigner son affliction que par des gémissemens et des sanglots. La voix de Flore parvint bientôt aux oreilles de l'hôtesse, dont la surprise et l'effroi n'eurent point de bornes. On envoya sur-le-champ chercher un médecin. Celui-ci, au premier aspect du cadavre, déclara qu'aucun art humain ne pouvait rappeler Elvire á la vie ; mais il donna ses secours á Antonia, qui en avait le plus grand besoin. On la mit au lit, pendant que l'hôtesse s'occupait de faire enterrer Elvire. Madame Jacinthe était une bonne et généreuse personne, simple, charitable et dévote ; mais son esprit était borné. Timide et superstitieuse, elle frémissait de l'idée de passer la nuit dans la même maison qu'un mort.

Elle était persuadée que l'ame d'Elvire lui apparaîtrait, et convaincue qu'il n'en fallait pas davantage pour la faire mourir de frayeur. Dans cette idée, elle résolut d'aller coucher chez quelque voisine, et voulut absolument que l'enterrement se fît le lendemain. Le cimetière de Sainte-Claire étant le plus voisin, on décida qu'Elvire y serait enterrée. Madame Jacinthe promit de payer tous les frais de la cérémonie. Elle ignorait quels étaient les moyens d'Antonia ; mais d'après l'économie qui régnait dans le ménage des deux dames, elle avait lieu de les croire assez bornés ; en conséquence, elle avait peu d'espoir d'être remboursée de ses avances; mais ce motif ne l'empêcha pas de prendre soin que tout se passât décemment, et d'avoir pour la malheureuse Antonia tous les égards possibles.

On ne meurt guère de chagrin ; Antonia en fut la preuve. Jeune et d'un bon tempérament, elle surmonta la maladie que lui avait causée la mort de sa mère, mais il ne fut pas aussi facile de guérir son ame que son corps. Ses yeux étaient toujours remplis de larmes. La plus légère contradiction était pour elle un chagrin. Tout prouvait qu'elle nourrissait dans son cœur une mélancolie profonde. Le nom d'Elvire prononcé devant elle, la moindre circonstance qui ramenait á sa pensée le souvenir de cette mère tendre, suffisaient pour la jeter dans de vives agitations. Combien sa douleur eût été plus vive, si elle eût su dans quels tourmens sa malheureuse mère avait fini sa vie! Elvire était sujette á des convulsions violentes; on supposa que, craignant une attaque de cette maladie, elle s'était traînée jusqu'à la chambre de sa fille pour y chercher des secours ; que l'accès l'y avait saisie trop fortement pour qu'elle pût y résister dans l'état de dépérissement où elle se trouvait, et qu'elle avait péri avant de pouvoir se procurer le remède qui la soulageait ordinairement, et qui se trouvait sur une tablette dans la chambre d'Elvire. Cette opinion fut adoptée par le petit nombre de personnes qui s'intéressaient á Elvire ; sa mort fut regardée comme un événement naturel. Bientôt on l'oublia ; personne n'y pensa plus, excepté celle qui avait tant de motifs pour déplorer sa perte.

Dans le fait, la situation d'Antonia était triste et fâcheuse. Seule et sans fortune, au milieu d'une grande ville, elle n'avait pas un ami; sa tante Léonelle était encore á Cordoue, et elle ne savait point son adresse. Elle n'avait reçu aucune nouvelle du Marquis de Las Cisternas. Quant á Lorenzo, depuis long-temps elle ne se flattait plus d'occuper une place dans son cœur ; elle ne savait à qui s'adresser pour sortir d'embarras. Elle était tentée de consulter Ambrosio; mais elle se rappelait l'ordre que sa mère lui avait donné de l'éviter autant qu'elle le pourrait ; et la dernière conversation qu'elle avait eue á ce sujet avec Elvire, l'avait assez éclairée sur les desseins du Moine pour la mettre á l'avenir en garde contre lui. Cependant tous les avis de sa mère n'avaient pas ébranlé la bonne opinion qu'elle avait d'Ambrosio ; elle sentait encore que son amitié, que sa société même étaient nécessaires á son bonheur ; elle voyait ses torts avec indulgence, et ne pouvait croire qu'il eût réellement projet de la perdre. Mais Elvire lui avait positivement recommandé de ne point cultiver sa connaissance, et elle respectait trop sa mémoire pour désobéir á ses ordres.

Enfin elle résolut de s'adresser au Marquis de Las Cisternas, comme son plus proche parent, pour lui demander conseil et protection. Elle lui écrivit, lui exposa brièvement sa situation déplorable ; le supplia d'avoir pitié de l'enfant de son frère, de lui continuer la pension d'Elvire, et de lui permettre de se retirer au vieux château qu'il possédait en Murcie, et que jusqu'alors elle avait habité. Ayant cacheté sa lettre, elle la remit á la fidelle Flore, qui partit sur-le-champ pour exécuter sa commission. Mais Antonia était née sous une étoile malheureuse. Si elle s'était adressée au Marquis un seul jour plutôt, reçue comme sa nièce et placée á la tête de sa famille, elle aurait échappé á tous les malheurs qui la menaçaient. Raymond s'était toujours proposé d'exécuter ce projet; mais, d'abord, l'espoir qu'il avait eu de faire passer par la bouche d'Agnès sa proposition à Elvire; puis le malheur qu'il avait eu de perdre sa maîtresse, et la cruelle maladie qui, pendant quelque temps, l'avait retenu dans son lit, lui avaient fait différer de jour en jour de donner dans sa maison un asyle á la veuve de son frère. Il avait chargé Lorenzo de pourvoir abondamment à ses besoins; mais Elvire ne voulant contracter avec ce jeune Seigneur aucune obligation, l'avait assuré que, pour le moment, elle ne manquait de rien. Le Marquis, en conséquence, n'imagina pas qu'un léger retard la mît dans l'embarras;

et ses tourmens de corps et d'esprit excusaient assez sa négligence.

S'il avait su que la mort d'Elvire avait laissé sa fille sans amis et sans protection, il aurait sans doute pris des mesures pour la soustraire á tous les dangers, mais Antonia n'était pas destinée á tant de bonheur. Le jour qu'elle envoya sa lettre au palais de Las Cisternas était précisément celui du départ de Lorenzo pour Madrid. Le Marquis était dans les premiers accès de la douleur que lui avait causée la certitude de la mort d'Agnès; et comme sa vie était en danger, on ne lui laissait voir personne. On dit á Flore qu'il était hors d'état de lire une lettre, et que quelques heures, peut-être, allaient décider de son sort. Elle fut obligée de rapporter cette triste nouvelle á sa maîtresse, qui se trouva alors plus embarrassée que jamais.

Flore et Madame Jacinthe firent tout ce qu'elles purent pour la consoler. La dernière l'invita à se tranquilliser, l'assurant que tant qu'elle voudrait rester avec elle, elle la traiterait comme sa propre fille. Antonia voyant que cette bonne femme avait pris pour elle une véritable affection, trouva quelque consolation á penser qu'elle avait du moins dans le monde une amie. On lui apporta alors une lettre adressée á

Elvire. Elle reconnut l'écriture de Léonelle, et, l'ouvrant avec empressement, elle y trouva un récit détaillé de ce qui était arrivé á sa tante à Cordoue. Celle-ci apprenait á sa sœur qu'elle avait recueilli son legs; mais qu'elle avait perdu son cœur, et qu'elle avait reçu en échange celui du plus aimable des apothicaires, passés, présens, et à venir. Elle ajoutait que le mardi suivant elle serait à Madrid, et se proposait de lui présenter en cérémonie son cher époux. Quoique ce mariage fût loin de plaire á Antonia, elle fut cependant très-aise du prochain retour de Léonelle. Elle fut flattée de penser qu'elle allait se retrouver sous la protection d'une parente. Elle sentait combien il était peu convenable, pour une jeune fille, de vivre parmi des étrangers, sans avoir personne pour régler sa conduite ou pour la défendre des insultes auxquelles l'exposait sa situation isolée. Elle attendit donc avec impatience le mardi suivant.

Il arriva. Antonia écoutait avec inquiétude toutes les voitures qui passaient dans la rue. Aucune ne s'arrêta. L'heure s'avançait. Il était tard; Léonelle ne paraissait point. Antonia résolut de ne se point coucher que sa tante ne fût arrivée; malgré ses prières, Flore et Madame Jacinthe voulurent en faire autant. Les heures s'écoulèrent lentement et tristement. Le départ de Lorenzo avait mis fin aux sérénades nocturnes. Antonia se flatta vainement d'entendre sous sa fenêtre le son des guitares. Elle prit la sienne, et en pinça quelques notes ; mais la musique, ce jour-là, n'avait aucun charme pour elle, et elle remit l'instrument dans sa boîte. Elle s'assit á son métier, et essaya de broder ; mais tout allait de travers. Ses couleurs n'étaient pas assorties. Sa soie rompait á tout moment, et les aiguilles lui échappaient si subtilement qu'on les aurait cru animées. Enfin une goutte de cire tomba de la bougie voisine sur une guirlande de violettes travaillées avec soin. L'impatience la prit; elle jeta son aiguille, et quitta son métier. Il était décidé que ce soir-lá rien ne pourrait l'amuser. Livrée á l'ennui, elle s'occupa á faire des souhaits inutiles pour l'arrivée de sa tante.

En se promenant çà et lá dans la chambre, ses yeux tombèrent sur la porte qui conduisait á celle qu'avait occupée sa mère. Elle se souvint que la petite bibliothèque d'Elvire y était encore, et pensa qu'elle y pourrait trouver quelque livre pour s'amuser, en attendant l'arrivée de Léonelle. Elle prit, en conséquence, la lumière qui était sur la table, traversa le petit cabinet, et entra dans la pièce voisine. En regardant autour d'elle, la vue de cette chambre lui rappela mille souvenirs douloureux. C'était la première fois qu'elle y entrait depuis la mort de sa mère. Le silence qui régnait dans l'appartement, le lit dégarni de son coucher, le foyer obscur où se trouvait encore une lampe éteinte, et, sur la fenêtre, quelques plantes á demi desséchées, qu'on avait négligées depuis la mort d'Elvire, inspirèrent à Antonia une sorte de crainte religieuse, l'obscurité de la nuit ajoutait à ce sentiment mélancolique. Elle mit sa bougie sur la table, et s'assit dans un grand fauteuil, où mille fois elle avait vu sa mère assise. Hélas ! elle ne pouvait plus l'y revoir. Des larmes involontaires coulèrent le long de ses joues; elle s'abandonna à une tristesse, qui d'un instant á l'autre devenait plus profonde.

Honteuse de sa faiblesse, elle se lève enfin, et va chercher ce qui l'avait amenée dans ce triste lieu. Les livres étaient en petit nombre, rangés sur quelques tablettes Antonia les parcourut sans en trouver un qui lui promît de l'intéresser, jusqu'à ce qu'elle mît la main sur un volume de vieilles romances espagnoles.

Ayant lu de l'une quelques stances qui excitèrent sa curiosité, elle prit le livre, et s'assit pour le feuilleter plus á son aise; puis, ayant mouché la bougie, qui s'avançait vers sa fin, elle lut la romance suivante:

LE PREUX ALONZO

ET

LA BELLE IMOGINE.

Il le faut, disait un guerrier
A la belle et tendre Imogine,
Il le faut, je suis chevalier,
Et je pars pour la Palestine.

Tu me pleures dans ce moment:
Que ces pleurs ont pour moi de charmes!
Mais il viendra quelque autre amant,
Et sa main essuiera tes larmes.

Moi t'oublier! Non, non jamais,
Cher Alonzo! répond la belle.
Mort ou vivant, je te promets
De te rester toujours fidelle.

Si j'étais parjure à ma foi,
Que le jour de mon mariage,
A table assis auprès de moi,
Mes yeux revoient ton image!

Que le fantôme d'Alonzo
Atteste ses droits sur mon ame!
Qu'il m'entraîne dans le tombeau,
En criant: « Elle était ma femme! »

Douze mois se sont écoulés....
Un baron de haute origine,
Par mille présens étalés
Demande la main d'Imogine.

L'éclat du nom et des bijoux
Éblouit la belle et l'enchante.
Il est accepté pour époux.
La fête arrive; elle est brillante.

Joyeux festin va commencer;
En chantant l'épouse nouvelle,
Chaque ami vient de se placer....
Un étranger est auprès d'elle.

Son air, son maintien, son aspect,
Et surtout sa taille imposante,
Semblent imprimer le respect
Et je ne sais quelle épouvante.

Son casque le couvrait si bien,
Que chacun en vain l'examine:
Immobile, il ne disait rien;
Mais il regardait Imogine.

D'un ton qui marque sa frayeur,
A l'étranger elle s'adresse:
« Baissez votre casque, Seigneur,
« Et partagez notre allégresse ».

Le guerrier se rend à ses vœux :
O ciel ! ô surprise effroyable !
Son casque ouvert, à tous les yeux
Présente un spectre épouvantable.

Pâle et debout, l'affreux géant
Dit à la tremblante Imogine :
« Reconnais-tu bien maintenant
Alonzo, mort en Palestine ?

Un jour, ta bouche lui jura
Qu'aux amans tu serais rebelle ;
Tu disais : Il me trouvera,
Mort ou vivant ; toujours fidelle.

Si j'étais parjure à ma foi,
Que le jour de mon mariage,
A table, assis auprès de moi,
Mes yeux revoient ton image ».

Vois le fantôme d'Alonzo ;
Rends-moi mes droits, je le reclame.
Suis-moi, je t'entraîne au tombeau.
Chevaliers, elle était ma femme ! »

Il saisit de ses bras hideux
Son infidèle qui l'implore....
Ils avaient disparu tous deux,
Et ses cris s'entendaient encore.

Le Baron, pleurant jours et nuits,
Ne survécut point à sa perte.
Du château nul n'osa depuis
Habiter l'enceinte déserte.

Imogine y revient tous les ans,
Dans ses habits de fiancée;
Poussant toujours des cris perçans,
Toujours par le spectre embrassée.

La lecture de cette histoire n'était pas propre á dissiper la mélancolie d'Antonia: elle avait naturellement du goût pour le merveilleux; et sa gouvernante qui croyait fermement aux apparitions, lui avait raconté, pendant son enfance, tant d'horribles aventures de cette espèce, que tous les efforts d'Elvire n'avaient pu effacer de son esprit ces impressions fâcheuses. Antonia avait conservé ce penchant à la superstition; elle était sujette à des terreurs qui, lorsqu'elle en découvrait la cause ridicule, la faisaient rougir elle-même de sa faiblesse. Dans cette disposition d'esprit, l'aventure qu'elle venait de lire suffisait pour éveiller ses craintes: l'heure et le lieu se réunissaient pour les faire naître: la nuit était avancée: elle était seule dans la chambre de sa mère, morte depuis peu. Il faisait un temps déplorable. Un vent affreux sifflait á toutes les issues de la maison. Les portes s'agitaient sur leurs gonds, et la pluie, battant avec violence contre les fenêtres, entrait au travers des chassis. On n'entendait aucun autre bruit.

La bougie, brûlée jusques dans le flambeau, jetait de temps en temps des éclats de lumière, puis tout-á-coup sa flamme affaissée paraissait prête à s'éteindre. Le cœur d'Antonia palpitait de crainte. Ses yeux erraient avec effroi sur les objets qu'éclairait, par intervalle, une lueur vacillante. Elle essaya de se lever de dessus son siége; mais ses membres tremblaient á tel point, qu'il lui fut impossible de se soutenir. Alors, elle appela Flore, qui était dans une chambre peu éloignée; mais sa voix, étouffée par la crainte, ne put se faire entendre, et ses cris expirèrent dans sa bouche.

Antonia passa dans cet état quelques minutes, après lesquelles ses terreurs commencèrent á diminuer. Elle tâcha de les surmonter, et fit un effort pour quitter la chambre. Tout-à-coup elle crut entendre un profond soupir poussé tout auprès d'elle. Cette idée la rejeta dans sa première faiblesse. Elle était debout, et déjá elle se disposait á prendre le flambeau sur la table. Ce bruit imaginaire l'arrêta. Elle retira son bras et s'appuya sur le dos d'une chaise. Tremblante, elle écoute: elle n'entend rien.

« Bon Dieu! se dit-elle, que pouvait

être ce bruit? Me suis-je trompée, ou l'ai-je réellement entendu » ?

Ses réflexions furent interrompues par le son d'une voix venant du côté de la porte, et si faible qu'on avait peine à l'entendre ; on aurait cru que quelqu'un parlait tout bas. Les alarmes d'Antonia augmentèrent. Cependant, elle savait que le verrou était mis, et cette idée la rassurait un peu. Bientôt après, le loquet se leva, et la porte commença á se mouvoir doucement en avant et en arrière. L'excès de la crainte fournit alors à Antonia la force dont, jusqu'á ce moment, elle avait été privée. Elle quitta sa place, et marcha vers la porte du cabinet par où elle pouvait gagner promptement la pièce où étaient Flore et Madame Jacinthe. A peine était-elle au milieu de la chambre, lorsqu'on leva le loquet une seconde fois ; un mouvement involontaire lui fit tourner la tête. La porte s'ouvrit très-lentement. Sur le seuil, elle aperçut une grande figure élancée, enveloppée d'un linceul, qui la couvrait de la tête aux pieds.

Cette vision enchaîna ses jambes. Elle resta comme pétrifiée au milieu de la chambre. La figure, d'un pas lent et grave, s'approcha de la table. Lorsqu'elle fut auprès, la bougie prête à finir, jeta une lueur pâle et bleuâtre. Il y avait sur la table une petite pendule dont l'aiguille marquait trois heures. La figure s'arrêta devant la pendule, et leva son bras droit, qu'elle dirigea vers le cadran. Antonia, qui était sans mouvement et sans parole, attendait la fin de cette scène.

Quelques momens se passèrent ainsi. La pendule sonna ; et lorsqu'elle eut fini, l'étrangère fit quelques pas de plus vers Antonia.

« Dans trois jours, dit une voix faible, creuse et sépulcrale, dans trois jours nous nous reverrons ».

Antonia frémit á ces paroles.

« Nous nous reverrons ! dit-elle enfin, en hésitant, où nous reverrons-nous? qui verrai-je » ?

La figure d'une main désigna la terre, et de l'autre leva le linceul qui lui couvrait la tête.

« Grand Dieu, c'est ma mère » !

Antonia fit un cri, et tomba sans mouvement sur le parquet.

Madame Jacinthe, qui travaillait dans la chambre voisine fut épouvantée de ce cri. Flore venait de descendre l'escalier pour aller chercher de l'huile pour la lampe qui les éclairait. Jacinthe courut donc seule au secours d'Antonia, et fut extrêmement surprise de la voir étendue par terre. Elle la prit dans ses bras, l'entraîna dans sa chambre et la plaça sur son lit, avant qu'elle eût recouvré l'usage de ses sens. Elle s'empressa de lui mouiller les temples, de lui frapper dans les mains, et d'employer tous les moyens possibles pour la faire revenir. Elle y réussit avec peine. Antonia ouvrit les yeux, et les jetant, d'un air hagard, tout autour de la chambre,

« Où est-elle, s'écria-t-elle d'une voix tremblante. Est-elle partie ? Suis-je en sûreté ? Parlez-moi. Consolez-moi. Ah ! parlez-moi, pour l'amour de Dieu ».

« En sûreté, contre qui, mon enfant, répondit Jacinthe étonnée ? Qui vous épouvante ? De quoi avez-vous peur » ?

« Dans trois jours : elle m'a dit que nous nous reverrions dans trois jours, je l'ai entendue ! je l'ai vue, Jacinthe, je l'ai vue tout-á-l'heure ».

Elle se jeta sur le sein d'Antonia.

« Vous l'avez vue ? Qui, vue » ?

« L'ame de ma mère ».

« Doux Jésus » ! s'écria Jacinthe. Quittant vîte le lit, elle laissa Antonia tomber sur l'oreiller, et toute épouvantée, courut hors de la chambre.

Comme elle descendait l'escalier á la hâte, elle rencontra Flore qui le remontait.

« Flore, lui dit-elle, allez vîte à votre maîtresse. Il se passe d'étranges choses. Ah! je suis la plus malheureuse des femmes. Ma maison est pleine de morts, de revenans, et Dieu sait de quoi encore; et cependant personne n'aime moins que moi pareille compagnie. Mais passez votre chemin, Flore. Allez trouver Donna Antonia, et laissez-moi continuer le mien ».

Parlant ainsi, elle courut jusqu'á la porte de la rue qu'elle ouvrit, et sans se donner le temps de regarder derrière elle, alla tout d'un trait jusqu'au couvent des Dominicains. Cependant Flore était montée á la chambre de sa maîtresse, aussi surprise qu'effrayée de la consternation de Jacinthe. Elle trouva Antonia immobile sur son lit. Elle employa, pour la faire revenir, les mêmes moyens que Jacinthe avait déjá mis en usage; mais voyant qu'elle ne sortait d'un accès que pour tomber dans un autre, elle envoya vîte quelqu'un chercher un médecin. En attendant son arrivée, elle déshabilla Antonia, et la mit au lit.

Hors d'elle-même, et sans faire aucune attention á l'orage, Jacinthe courut au travers des rues, et ne s'arrêta que lorsqu'elle fut arrivée au couvent. Elle sonna fortement á la porte, et sitôt que le portier parut, elle demanda á parler au Père Prieur. Ambrosio était alors avec Matilde, occupé des moyens de se procurer un accès auprès d'Antonia. La cause de la mort d'Elvire était restée secrète ; il commençait à croire que la punition ne suivait pas le crime de si près que les Religieux, ses maîtres, le lui avaient enseigné, et que lui-même l'avait cru jusqu'alors. Cette opinion lui avait fait résoudre la perte d'Antonia, pour qui les dangers et les difficultés ne faisaient qu'augmenter sa passion. Il avait déjá demandé á la voir; mais Flore l'avait refusé de manière á lui faire juger que tous ses efforts ultérieurs seraient inutiles. Elvire avait confié ses soupçons à cette fidelle domestique ; elle l'avait priée de ne jamais laisser Ambrosio seul avec sa fille, et même de faire, s'il était possible, qu'il ne la revît jamais. Flore avait promis de lui obéir, et avait exécuté ses ordres á la lettre. Ce matin même elle avait refusé la porte á Ambrosio, sans le dire á Antonia. Il vit qu'il ne fallait pas penser á voir sa maîtresse par des moyens honnêtes ; et Matilde et lui, avaient passé la nuit à tâcher de trouver quelque plan susceptible d'un succès plus heureux. Tel était leur emploi, lorsqu'un Frère Lay entra dans la chambre du Prieur, et lui dit qu'une femme, qui disait s'appeler Jacinthe Zuniga, demandait à lui parler un instant.

Ambrosio n'était nullement disposé á recevoir cette visite. Il la refusa tout simplement, et dit au Frère Lay d'inviter l'étrangère à revenir le lendemain. Matilde l'interrompit :

« Voyez cette femme, lui dit-elle tout bas ; j'ai mes raisons ».

Le Prieur lui obéit, et fit dire qu'il allait descendre au parloir. Le Frère Lay sortit avec cette réponse. Aussitôt qu'ils furent seuls, Ambrosio demanda à Matilde quelle raison elle avait pour vouloir qu'il vît cette Jacinthe.

« C'est l'hôtesse d'Antonia, reprit Matilde ; elle peut vous être utile. Il faut l'examiner, et savoir un peu ce qui l'amène ici ».

Ils se rendirent ensemble au parloir, où Jacinthe attendait le Prieur. Elle avait une grande opinion de sa piété et de sa vertu ; et lui croyant sur le diable, une grande influence, elle supposait qu'il lui serait très-facile d'envoyer l'ame d'Elvire dans la mer Rouge. C'était dans cette persuasion qu'elle s'était rendue au couvent. Aussitôt qu'elle vit le Moine entrer dans le parloir, elle se jeta à genoux, et commença ainsi son histoire :

« Ah ! mon Révérend Père, quel accident, quelle aventure ! Je ne sais que devenir ; et á moins que vous ne veniez á mon secours, certainement je deviendrai folle. Jamais il n'y a eu de femme aussi malheureuse que moi. J'ai fait tout ce que j'ai pu pour éviter toutes ces horreurs, et tout a été inutile. A quoi sert, je vous prie, que je dise mon chapelet quatre fois par jour, et que j'observe tous les jeûnes prescrits par le calendrier ? De quoi m'a servi d'avoir fait trois pélerinages à Saint-Jacques de Compostel et d'avoir acheté autant d'indulgences qu'il en faudrait pour effacer le péché de Caïn ? Rien ne me réussit. J'ai le malheur, et Dieu sait si jamais les choses iront mieux. J'en fais juge votre Révérence. — Ma locataire meurt d'un accès de convulsions. Par pure bonté, je la fais enterrer á mes dépens. Non pas qu'elle fût ma parente ou que j'aie profité á sa mort d'un marévadis, je n'y ai rien gagné du tout. Ainsi, comme je dis, mon Révérend Père, qu'elle fût vivante ou morte, cela m'était absolument égal. (Mais cela ne fait rien á l'affaire, revenons á ce que je voulais vous dire.) J'ai donc fait faire son enterrement, et j'ai pris soin que tout cela se passât comme il faut. Dieu sait ce qu'il m'en a coûté. Or, comment croyez-vous que la chère dame me paie de ma bonté ? Quoi ! s'il vous plaît, en ne daignant pas dormir tranquille dans son bon cercueil de sapin, comme doit faire tout honnête mort, et en venant me tourmenter, moi qui ne veux jamais la revoir entre les deux yeux. Vraiment, il lui sied bien de revenir hanter la nuit dans ma maison, d'entrer par le trou de la serrure dans la chambre de sa fille, et d'épouvanter la pauvre enfant, de manière à lui faire perdre l'esprit. Elle n'est guère polie, pour un revenant, de venir dans la maison de quelqu'un qui les aime aussi peu. Quant á moi, mon Révérend Père, le fait est que, si elle vient se promener dans ma maison, il faut que je la quitte, parce que je ne veux pas loger de pareils hôtes ; je ne le ferai pas. Ainsi votre Révérence peut voir que, si vous ne venez pas á mon secours, je suis une femme ruinée et perdue pour toujours. Je serai obligée de quitter ma maison. Personne ne voudra la louer, quand on saura qu'il y revient; et je serai bien avancée alors ; malheureuse femme que je suis ! que faire? que devenir » ?

Ici elle pleura amèrement, et elle pria

á mains jointes le Père Prieur de lui donner quelques avis.

« Mais, ma bonne femme, lui dit il, il me sera difficile de vous aider, si je ne sais pas de quoi il est question. Vous avez oublié de me dire ce qui vous est arrivé et ce que vous me demandez ».

« Ah ! vraiment, reprit Jacinthe, votre Révérence a raison. Eh bien ! voilá donc le fait en peu de mots. Une de mes locataires vient de mourir; une très-brave femme, je dois le dire, autant que je l'ai connue, quoiqu'il n'y eût pas long-temps; elle se tenait á une certaine distance de moi, et dans la vérité elle était un peu glorieuse. Quand je me hasardais á lui parler, elle avait un regard qui m'en imposait toujours un peu. Dieu me pardonne, si je dis cela ! Cependant quoiqu'elle fût un peu fière, et qu'elle ne parût pas trop me regarder (et pourtant, si on ne m'a pas trompée, mes parens valent bien les siens; car son père était cordonnier à Cordoue, et le mien était chapelier à Madrid, et un gros chapelier, j'ose le dire) ; quoique cela, malgré sa fierté, c'était une personne bien tranquille et de bonne conduite, et je n'ai jamais désiré une meilleure locataire. Aussi je m'étonne de ce qu'elle ne se tient pas plus tranquille dans sa fosse. Mais on ne sait plus à qui se fier dans ce monde. Pour moi, je ne lui ai jamais rien vu faire de mal, si ce n'est le vendredi avant sa mort, que je fus bien scandalisée de lui voir manger une aile de poulet. « Comment, Madame Flore ! dis-je (Flore, ne déplaise á votre Révérence, est le nom de la femme-de-chambre), votre maîtresse mange de la viande le Vendredi? Bien ! bien ! vous verrez ce qui en arrivera. Souvenez-vous alors que madame Jacinthe vous en a avertie ». Je lui dis cela en propres termes. Mais hélas ! j'aurais aussi bien fait de le garder pour moi. Personne ne m'écouta; et Flore, qui est un peu arrogante (cela fait pitié, je vous dis), me répondit qu'il n'y avait pas plus de mal à manger un poulet qu'à manger un œuf d'où il était venu. Elle déclara même que, si sa maîtresse y ajoutait une tranche de jambon, elle n'en serait pas pour cela d'un pouce plus près d'être damnée. Bonté divine ! pauvre ignorante pécheresse ! je jure á votre Révérence que je tremblais de lui entendre prononcer de pareils blasphêmes, et que je m'attendais á tout moment á voir la terre s'entr'ouvrir pour les engloutir, le poulet et toute la famille. Car vous saurez, mon Révérend Père, qu'en disant cela, elle tenait dans sa main le plat sur léquel était le poulet rôti ; une belle volaille, je vous assure, cuite á point, car je l'avais fait rôtir moi-même. C'était, parlant par respect, une geline que j'avais élevée chez nous. La chair en était blanche comme un œuf, comme me le dit Madame Elvire elle-même : « Dame Jacinthe, me dit-elle d'un air agréable, quoique, pour dire vrai, elle me parlait toujours bien poliment.... ».

Ici la patience échappa á Ambrosio. Empressé de savoir l'affaire de Jacinthe qui paraissait concerner Antonia, il ne pouvait plus tenir au bavardage de cette femme. Il l'interrompit; en l'assurant que, si elle ne lui disait pas sur-le-champ de quoi il était question, et si elle n'en finissait pas, il allait quitter le parloir, et la laisserait se tirer d'embarras comme elle pourrait. Cette menace produisit l'effet qu'il désirait Jacinthe raconta son affaire en aussi peu de mots qu'il lui fut possible. Mais son récit fut encore si prolixe, qu'Ambrosio eut besoin de toute sa patience pour l'entendre jusqu'á la fin.

« Si bien donc, votre Révérence, dit-elle, après avoir rapporté jusqu'aux moindres circonstances de la mort et de l'enterrement d'Elvire; si bien donc, en entendant ce cri, je laissai là mon ouvrage, et je courus à la chambre de Donna Antonia. N'y trouvant personne, je passai dans l'autre ; mais je dois avouer que j'avais un peu de peur en y entrant, car c'était la pièce où couchait Donna Elvire. J'y entrai pourtant, et j'aperçus la jeune personne tout de son long sur le carreau, froide comme une pierre, blanche comme sa chemise. Je fus bien étonnée, comme votre Révérence peut croire. Mais mon bon Dieu, combien je tremblai ! lorsque je vis, près de moi, une grande figure, la tête touchait au plancher. C'était le visage d'Elvire, dans la vérité, mais de sa bouche sortaient des nuages de feu et de fumée. Ses bras étaient chargés de grosses chaîne, qu'elle secouait d'une manière effrayante, et chacun de ses cheveux était un serpent aussi gros que mon bras. A cette vue, j'eus grand'peur, et je commençai á dire mon *Ave Maria*. Mais le fantôme m'interrompant, fit trois grands gémissemens, et, d'une voix terrible, se mit á dire : « Ah ! cette aile de poulet ! mon ame est tourmentée á cause de cela ». Aussitôt que cela fut dit, la terre s'entr'ouvrit, le spectre y entra. J'entendis un grand coup de tonnerre, et la chambre fut remplie d'une odeur de souffre. Quand je fus revenue de ma frayeur, et que j'eus fait revenir Donna Antonia, elle me dit qu'elle avait crié, en voyant le revenant (et certes, je le crois. Pauvre fille ! si j'avais été à ta place j'aurais crié dix fois plus haut). Il m'est venu alors en pensée que, si quelqu'un avait le pouvoir de tirer cette ame de peine, ce devait être votre Révérence, et c'est pourquoi je suis venue ici en diligence pour vous prier d'asperger ma maison d'eau-bénite, et d'envoyer le revenant dans la mer Rouge ».

Ambrosio fut surpris de cette étrange aventure, qu'il ne pouvait croire.

« Et Donna Antonia a-t-elle vu le revenant, dit-il » ?

« Comme je vous vois, mon Révérend Père ».

Ambrosio s'arrêta un moment. Ceci lui présentait une occasion de se rapprocher d'Antonia ; mais il balançait á en profiter. La réputation dont il jouissait dans Madrid lui était encore chère, et depuis qu'il avait perdu la réalité de la vertu, il semblait que son apparence lui en fût devenue plus précieuse. Il sentait qu'une infraction puplique de la règle qu'il s'était faite de ne jamais sortir de l'enceinte de son couvent, serait une dérogation notable á l'austérité qu'on lui supposait. Dans ses visites à Elvire, il avait toujours pris soin de cacher

ses

ses traits aux domestiques. Excepté Elvire, sa fille et la fidelle Flore, personne dans la maison ne le connaissait que sous le nom du Père Jérôme. S'il accordait á Jacinthe ce qu'elle lui demandait, et s'il l'accompagnait chez elle, il savait que cette démarche ne pouvait rester secrète. Cependant son désir de voir Antonia l'emporta. Il se flatta même que la singularité de cette aventure le justifierait dans la ville. Mais quoi qu'il en pût arriver, il résolut de profiter de l'occasion que le hasard lui offrait. Un regard significatif de Matilde le confirma dans cette résolution.

« Bonne femme, dit-il à Jacinthe, ce que vous me racontez est si étrange, que j'ai peine á vous croire. Cependant je ferai ce que vous désirez. Demain, après matines, vous pouvez m'attendre chez vous. J'examinerai alors ce que je peut faire pour vous obliger; et si cela est en mon pouvoir, je vous délivrerai de ces visites importunes. Retournez-vous en chez vous, et que la paix du Seigneur soit avec vous».

« Chez moi! s'écria Jacinthe; moi, m'en aller chez moi! Non, en vérité, je n'y veux pas remettre les pieds, á moins que ce ne soit sous votre protection. bonté de Dieu! le revenant pourrait me rencontrer sur l'escalier, et m'emmener avec lui á tous les diables. Ah! si j'avais accepté les offres de Melchior Basco, j'aurais quelqu'un pour me protéger; mais je suis une pauvre femme, toute seule, et je ne rencontre que croix et malheurs. Dieu merci, il n'est pas trop tard encore pour me repentir; il y a Simon Gonzalès qui me demande tous les jours, et si je vis jusqu'à demain, je l'épouserai tout de suite. Je veux avoir un mari, c'est décidé: car à présent; que le fantôme est dans ma maison, j'aurais trop peur de coucher seule. Mais, pour l'amour de Dieu, mon Révérend Père, venez avec moi tout de suite. Je n'aurais point de repos que la maison ne soit purifiée, ni la pauvre demoiselle non plus. La chère fille! elle est dans un triste état; je l'ai laissée dans de fortes convulsions, et je ne doute qu'elle revienne facilement à elle».

Le Religieux effrayé l'interrompit.

«Dans des convulsions, dites-vous? Antonia en convulsion! Conduisez-moi, bonne femme, je vais avec vous».

Jacinthe insista sur ce qu'il se pourvût d'un vase plein d'eau-bénite; il y consentit. La vieille se croyant, sous sa protection, en sûreté contre des légions de démons, lui fit des remercîmens sans nombre, et ils partirent ensemble pour la rue Saint-Jago.

Le spectre avait fait sur Antonia une impression si vive, que pendant deux ou trois heures, le médecin la crut en danger. Les accès enfin devenant moins fréquens, il changea d'avis. Il dit qu'il n'y avait rien á faire qu'á la tenir tranquille ; il ordonna une potion destinée á calmer ses nerfs, et á lui procurer le repos dont elle avait si grand besoin. La vue d'Ambrosio, qui parut alors avec Jacinthe à côté de son lit, contribua efficacement á rassurer son imagination effrayée. Elvire ne s'était pas expliquée avec sa fille, sur les desseins du Moine, d'une manière assez claire pour faire comprendre á une jeune personne, qui connaissait aussi peu le monde, combien cette liaison était dangereuse. Dans ce moment, effrayée de ce qui venait de lui arriver, et craignant d'arrêter sa pensée sur la prédiction qui lui avait été faite, elle avait besoin de tous les secours de la religion et de l'amitié. Antonia avait pour le Prieur un double motif de partialité ; elle sentait encore pour lui cette prévention favorable qu'elle avait éprouvée la première fois qu'elle l'avait vu ; elle imaginait, sans savoir pourquoi, que sa présence la protégerait contre toute espèce de danger, de malheur ou d'insulte. Elle le remercia tendrement de sa visite, et lui raconta l'aventure qui l'avait si sérieusement effrayée.

Le Moine tâcha de la rassurer, et de lui persuader que tout cela n'était que le fruit d'une imagination échauffée. La solitude dans laquelle elle avait passé la soirée, l'obscurité de la nuit, la lecture qu'elle avait faite, et la chambre dans laquelle elle se trouvait, tout semblait disposé pour créer une vision de cette espèce. Il se moqua des revenans, et donna de fortes raisons pour détruire et ridiculiser ce systême. Sa conversation la calma, la consola, mais ne la convainquit pas. Elle ne pouvait croire que le spectre n'eût existé que dans son imagination. Toutes les circonstances de cette apparition l'avaient trop frappée pour lui permettre d'adopter une pareille idée. Elle persista á assurer que réellement elle avait vu l'ame de sa mère, qu'elle l'avait entendue lui prédire sa mort, et elle soutint qu'elle ne sortirait pas vivante de son lit. Ambrosio l'engagea à ne pas se livrer à ces pensées ; puis il quitta la chambre, lui promettant de renouveler le lendemain sa visite. Antonia reçut cette promesse avec une vive expression de satisfaction ; mais le Religieux s'aperçut que la suivante ne le regardait pas d'aussi bon œil. Flore obéissait scrupuleusement aux ordres d'Elvire ; elle veillait avec inquiétude sur tout ce qui pouvait porter le moindre préjudice á sa jeune maîtresse ; il y avait plusieurs années qu'elle lui était attachée. Née á Cuba, elle avait suivi Elvire en Espagne, et aimait la jeune Antonia avec la tendresse d'une mère. Elle ne quitta pas la chambre pendant tout le temps qu'Ambrosio y resta ; elle observait ses actions, ses gestes, ses paroles. Il vit que son œil défiant était sans cesse attaché sur lui, et sachant que ses projets n'étaient pas de nature à soutenir cette rigoureuse attention, il se sentit plusieurs fois déconcerté. Il n'ignorait pas qu'elle se défiait de la pureté de ses vues, il prévoyait qu'elle ne voudrait jamais le laisser seul avec Antonia, et voyant sa maîtresse défendue par ce vigilant Argus, il désespéra de trouver le moyen de satisfaire ses désirs.

Comme il sortait de la maison, Jacinthe le rencontra, et le pria de faire dire quelques messes pour le repos de l'ame d'Elvire, qui, selon elle, était, sans aucun doute, en purgatoire.

Il promit de ne pas oublier sa demande

mais il gagna complètement le cœur de la vieille, en lui promettant de veiller, toute la nuit suivante, dans la chambre où l'on avait vu le revenant. Jacinthe ne pût trouver assez de termes pour exprimer sa reconnaissance, et le Religieux partit chargé de ses bénédictions.

Il était grand jour avant qu'il rentrât au couvent. Son premier soin fut de communiquer á sa confidente ce qui venait de se passer. Il avait pour Antonia une passion trop ardente pour avoir pu entendre sans émotion la prédiction de sa mort prochaine, et il frémissait de l'idée de perdre un objet si cher. Matilde le rassura sur cet article. Elle confirma les raisonnemens que lui-même avait fait; elle soutint qu'Antonia avait cédé aux illusions d'un cerveau exalté par la mélancolie, qui la dominait alors, et par la pente naturelle qu'avait son esprit vers la superstition et le merveilleux. Quant au récit de Jacinthe, il se réfutait de lui-même par son absurdité. Le Prieur crut aisément que celle-ci avait fabriqué toute son histoire, soit par l'effet de la crainte, soit dans l'espoir de le déterminer plus facilement á faire ce qu'elle lui demandait. Ayant ainsi calmé les craintes d'Ambrosio, Matilde continua :

« La prédiction et le fantôme sont aussi faux l'un que l'autre. Mais il faut que vous vérifiez la première ; dans trois jours, il faut qu'Antonia soit morte pour tout le monde ; mais elle vivra pour vous. Sa maladie actuelle, l'idée dont elle est frappée, favoriseront un plan que j'ai depuis longtemps dans la tête, mais qu'il était impossible d'exécuter, á moins que vous ne vous procurassiez un accès auprès d'Antonia. Elle sera á vous, non pas seulement pour une nuit, mais pour toujours. Toute la vigilance de sa duègne ne lui servira de rien. Vous jouirez en paix des charmes de votre maîtresse. Dès aujourd'hui, il faut exécuter ce projet, car vous n'avez pas de temps á perdre. Le neveu du Duc de Médina-Cœli se propose de demander Antonia en mariage. Dans quelques jours, on doit la conduire au palais de son parent, le Marquis de Las Cisternas ; et là, elle sera en sûreté contre toutes vos tentatives. J'ai appris cela, en votre absence, par les espions que j'occupe sans cesse á m'informer de tout ce qui peut vous intéresser. A présent, écoutez-moi. Il existe une liqueur, extraite de certaines herbes peu connues, dont l'effet est de mettre ceux qui la boivent dans un état qui ressemble absolument á la mort. Il faut en faire prendre á Antonia. Il vous sera facile d'en mettre quelques gouttes dans sa potion. Elle éprouvera pendant une heure de fortes convulsions, après quoi, son sang cessera par degrés de circuler, et son cœur de battre. Une pâleur mortelle se répandra sur ses traits, et elle sera, á tous les yeux, comme un vrai cadavre. Elle n'a point d'amis qui l'entourent; vous pouvez, sans vous rendre suspect, vous charger de son enterrement, et la faire mettre dans le caveau de Sainte-Claire. La solitude du souterrain, et la facilité que vous avez d'y entrer, le rendent propre à vos desseins. Donnez ce soir á Antonia la drogue soporifique. Quarante-huit heures après qu'elle l'aura bue, elle renaîtra à la vie. Elle sera alors absolument en votre pouvoir: elle sentira que toute résistance sera devenue inutile, et la nécessité la forcera de vous recevoir dans ses bras».

« Antonia en mon pouvoir! s'écria le Moine; Matilde, vous me transportez de joie. C'est alors que je serai heureux! et ce bonheur sera un don de Matilde, un don de l'amitié. Je presserai Antonia dans mes bras, sans craindre aucun œil curieux, aucun témoin importun! J'exhalerai mon ame sur son sein; j'enseignerai à son jeune cœur les élémens du plaisir, et je parcourrai

courrai sans obstacle ses charmes divers, ses charmes les plus secrets. Quoi! je jouirais de tant de bonheur? Oh! Matilde, comment vous exprimerai-je ma reconnaissance »?

« En profitant de mes conseils, Ambrosio, je ne vis que pour vous servir. Vos intérêts sont les miens; je n'ai d'autre bonheur que le vôtre. Que votre personne soit à Antonia, mais votre cœur est á moi. Je réclame votre affection; contribuer á vos plaisirs, voilá les miens. Si mes efforts peuvent réussir á vous satisfaire, je me croirai assez payée de ma peine. Mais ne perdons point de temps. La liqueur dont je parle ne se trouve que dans l'apothicairerie de Sainte-Claire. Allez vîte trouver l'Abbesse; demandez-lui à entrer dans le laboratoire; elle ne vous refusera pas. Il y a, tout au bas de la grande salle, un cabinet rempli de liqueurs de différentes couleurs et qualités. La bouteille en question est toute seule, sur le troisième rayon á gauche. Elle contient une liqueur verdâtre. Tâchez, sans qu'on vous voie, d'en remplir une fiole, et Antonia est á vous ».

Le Moine n'hésita pas á adopter cet infâme plan. Ses désirs, qui déjá n'étaient que trop violens, avaient acquis une nouvelle force depuis qu'il avait vu Antonia.

Assis à côté de son lit, il avait eu occasion d'entrevoir des charmes qui lui parurent encore plus parfaits qu'il ne les avait jugés, lors de l'inspection insolente qu'il en avait faite pendant son sommeil. Quelquefois un bras blanc et poli se découvrait en rangeant un oreiller; quelquefois un mouvement subit laissait voir une partie de son sein arrondi. L'œil avide du Religieux se fixait partout où il pouvait pénétrer. A peine était-il assez maître de lui pour cacher ses désirs à Antonia et à sa duègne attentive. Encore enflammé de ces souvenirs; il adopta sans hésiter le projet de Matilde.

Les matines ne furent pas plutôt dites, qu'il dirigea ses pas vers le couvent de Sainte-Claire. Son arrivée jeta toute la communauté dans le plus grand étonnement. L'Abbesse, sensible à l'honneur qu'il faisait à sa maison, en lui accordant la première visite qu'il eût encore faite, tâcha, par toutes les attentions possibles, de lui témoigner sa reconnaissance. On le promena dans le jardin; on lui montra toutes les reliques des Saints et des Martyrs; on le traita avec autant de soins et d'égards que s'il eût été le Pape lui-même. Ambrosio, de son côté, reçut de très-bonne grâce les politesses de l'Abbesse;

et fit en sorte de diminuer la surprise qu'elle devait avoir de lui voir enfreindre sa résolution. Il prétendit que, parmi ses pénitens, plusieurs étaient trop malades pour sortir. C'étaient précisément les personnes qui avaient le plus besoins des consolations de la religion. On lui avait fait á ce sujet beaucoup de représentations, et, malgré son extrême répugnance, il avait cru nécessaire, pour le service de Dieu, de changer de résolution et de quitter sa retraite chérie. La Supérieure applaudit á son zèle pour sa profession, et á sa charité pour le prochain. Elle soutint que Madrid était heureux de posséder un homme si parfait. Tout en causant, le Religieux parvint au laboratoire. Il trouva le cabinet; la bouteille était á l'endroit que Matilde avait désigné. L'Abbesse, distraite un moment, était á quelques pas; il saisit l'instant, et, sans être vu de personne, remplit de la liqueur soporifique une fiole dont il s'était pourvu. Puis ayant pris, dans le réfectoire, sa part d'une collation élégante, il sortit du couvent, très-content de sa visite, et laissant les Religieuses enchantées de l'honneur qu'il leur avait fait.

Il attendit jusqu'au soir, avant de prendre le chemin de la demeure d'Antonia.

Jacinthe le reçut avec des transports de joie, et le pria de ne pas oublier la promesse qu'il lui avait faite de passer la nuit dans la chambre où l'esprit avait paru. Il répéta cette promesse. Antonia était assez bien; mais elle était toujours tourmentée de la prédiction du revenant. Flore ne quitta point le lit de sa maîtresse, et montra, par des symptômes encore moins équivoques que la veille, combien la présence du Prieur lui était désagréable. Pendant qu'il causait avec Antonia, le Médecin arriva. Il se faisait nuit; on demanda de la lumière, et Flore fut obligée de descendre elle-même pour en aller chercher. Cependant, comme elle laissait un tiers dans la chambre, et qu'elle ne devait s'absenter que pour quelques minutes, elle crut ne rien risquer en quittant son poste. Elle ne fut pas plutôt hors de la chambre, qu'Ambrosio s'avança vers la table sur laquelle était la potion d'Antonia; elle était placée dans l'embrasure de la fenêtre. Le Médecin, assis dans un fauteuil, et occupé á questionner sa malade, ne faisait point attention aux mouvemens du Moine. Celui-ci profita de l'occasion; il tira de sa poche la fiole fatale, et [illegible]ersa quelques gouttes dans la pot[illegible]n.

Fin du tome troisième.

www.ingramcontent.com/pod-product-compliance
Ingram Content Group UK Ltd.
Pitfield, Milton Keynes, MK11 3LW, UK
UKHW020143200726
13856UKWH00003B/828

9 782012 395930